Faridi
Das Schweigen der Familie
Azoren-Krimi mit Rezepten

AF198427

Ben Faridi

Das Schweigen der Familie
Der erste Baptista-Roman

Azoren-Krimi mit Rezepten

OKTOBER VERLAG
Münster in Westfalen

© 2009 Oktober Verlag, Roland Tauber
Am Hawerkamp 31, 48155 Münster
www.oktoberverlag.de
mail@oktoberverlag.de
Alle Rechte vorbehalten

Satz: Anh Nguyen
Umschlag: Anh Nguyen und Linna Grage
unter Verwendung eines Fotos von biffspandex/istockphoto.com
Rezepte: Ben Faridi, Roland Tauber, Katharina Vogt und Laura Wiebold
Druck: Digitaldruck Münster
Rudolf-Diesel-Straße 4
48157 Münster
ISBN: 978-3-938568-74-3

Aber ich habe einen Mord begangen,
einen Mord, den du mir nicht zumuten wirst,
allein vor den Richter der Welt hinzuschleppen;
feierlich wälz ich dir hier
die größte grässlichste Hälfte zu.
Wie du damit zurechtkommen magst, siehe du selber.

Friedrich Schiller
Kabale und Liebe, 5. Akt, Letzte Szene

Dienstagmittag, 11. Juni

Jao Baptista hasste dieses Wetter auf den Inseln. Immer Wind und Regen. Und wenn die Sonne schien, war es wie in den Tropen. Warum mussten sie jemanden vom Festland nehmen? Missmutig stieg er in die Frühmaschine der TAP. Seine Haare standen wirr von seinem Kopf ab und seine Haut war vom Rasieren um diese frühe Uhrzeit noch gerötet. Letzten Monat hatte er mit Mühe und Antibiotika eine Lungenentzündung hinter sich gebracht. Nun sollte er in dieses miese Klima der Azoren. Sein Chef hatte natürlich keine erste Klasse genehmigt. Er mühte sich mit seinen zehn Kilo zu viel – wie der Arzt gesagt hatte – durch den engen Flugzeuggang. Ungeschickt zog er seinen Mantel aus und schleuderte einen Ärmel gegen das Gesicht einer Urlauberin, die auch sofort zu schimpfen anfing. Er dachte, dass er glücklicherweise kein Brillenträger war. Eine Brille würde bei ihm keinen Tag heil überstehen.

Dann zwängte er sich zwischen zwei ebenfalls korpulente Herren. Die kommenden drei Stunden durfte er zwischen den beiden verbringen. Seine Hose zwickte unangenehm und brachte die vom Arzt erwähnten Kilos unvorteilhaft zur Geltung. Krampfhaft versuchte er seine Unzufriedenheit zu ignorieren. Er wollte die Zeit nutzen, um das Dossier zu lesen. Schließlich war er beruflich unterwegs. Außerdem konnte er mit einer guten Vorbereitung den Fall schnell abschließen und rasch wieder nach Berlin oder Brüssel zurück. Aber die beengte Sitzweise und das Temperament der Nachbarn ließen das vorerst nicht zu. »Gestatten, Luìs da Silva«, begann der rechte Nachbar gleich zu reden. Unwillig murmelte Jao seinen

Namen vor sich hin. Er wollte nicht unhöflich wirken. Kaum hatte Baptistas Zunge zur letzten Silbe angesetzt, fing auch schon das linke Mundwerk an zu sprechen. »Und damit die Heilige Dreifaltigkeit vollendet ist: Meine Mutter hat mich Sebastião Toledo getauft. Was führt Sie denn auf die grünen Inseln?« Es blieb offen, wen Senhor Toledo ansprach, aber wie zu erwarten, fühlte sich da Silva sofort aufgefordert. »Meine Mutter feiert ihren achtzigsten Geburtstag. Da ist Anwesenheit Pflicht.« Das Flugzeug startete durch und den drei Herren wurde kurz etwas übel. Für einen Augenblick herrschte Ruhe, doch dann plauderte da Silva munter weiter: »Meine Familie ist inzwischen nach São Miguel gezogen. Aber meine Mutter lebt noch immer in Flores. Sie kann einfach ihr Geburtshaus nicht verlassen. Sie kennen sich aus auf den Azoren, Senhores?« Toledo nickte, Baptista schüttelte den Kopf. »Aber Sie sind doch aus Portugal?«, fragte da Silva etwas verwundert.

Wenn das Leben nur so einfach wäre, dachte Baptista bei sich. Er war vor 46 Jahren in Deutschland geboren, genauer in Bonn, damals noch die Hauptstadt. Sein portugiesischer Vater war Kirchenrestaurator und hatte sich bei Arbeiten im Kölner Dom in seine deutsche Mutter verliebt. In seiner Jugend zog er dann öfter um, als er zählen wollte, immer den Aufträgen seines Vaters folgend. Vielleicht entschied er sich deswegen für den soliden Beruf des Polizisten und zog damit auch die Verachtung seines Vaters auf sich. Durch die vielen europäischen Sprachen, die er zumindest ansatzweise sprach, wurde Europol auf ihn aufmerksam und bot ihm die Mitarbeit in einer europäischen Sonderkommission an. Gemeinsam mit seinen Kollegen hatte er die Aufgabe, dort auszuhelfen, wo die örtlichen Behörden aus unterschiedlichen Gründen nicht eingesetzt werden durften. Seit dieser Zeit war sein Leben ebenso wechselhaft, wie das seines Vaters. Und er hatte das zweifelhafte Vergnügen, keine befriedigende Antwort auf seine Herkunft oder kulturelle Identität geben zu können. So wie jetzt.

»Ich spreche zwar etwas *portogues*, bin aber in Deutschland geboren. Meine Reisevorbereitungen waren zeitlich kaum erwähnenswert. Daher bin für eine erste Einweisung recht dankbar.« Da Silva nahm sich – begeistert über die anstehende Aufgabe – eine der Airlinemappen und blätterte eine Übersicht der Azoren auf. Mit seinen dicken weichen Fingern zeigte er auf São Miguel: »Das ist die Hauptinsel. Hunderttausend Einwohner, eine Million Touristen. Das sollte bekannt sein. Hier dann die westliche Inselgruppe mit Flores und Corvo, zwei wirklich winzigen Inseln.« »Das dort überhaupt Menschen leben, ist nicht zu fassen«, warf Toledo ein. »Und hier die mittlere Inselgruppe mit Pico, Graciosa, São Jorge, Terceira und Faial. Sie, verehrter Herr Baptista, wollen sicherlich auch ein wenig Abstand von der schlechten Luft auf dem Kontinent und nach São Miguel?« Warum kann ich nicht einfach zwischen zwei kreischenden Kindern sitzen, dachte Baptista. Da könnte ich wenigstens in Ruhe lesen. »Ich bin dienstlich unterwegs«, antwortete Baptista. »›Dienstlich‹ ist auf dem Kontinent«, meinte Toledo. »Auf den Azoren ist der wichtigste Dienst ein *Galão* am Morgen und ein köstlicher *Terra Nova* am Abend.« »Milchkaffee vertrage ich nicht gut, aber gegen einen Rotwein am Abend habe ich nichts einzuwenden«, versuchte Baptista das Gespräch höflich zu beenden. »Was wollen die Europäer denn schon wieder von uns?«, ereiferte sich da Silva. Zum Glück erschien in diesem Moment eine reizende Stewardess und servierte das Menü. Mit den heruntergeklappten Tischen war eine angenehme Sitzposition kaum noch möglich. Nach dem Essen wurden die beiden Herren zum Glück schläfrig und Baptista konnte endlich die Unterlagen sichten.

Dossier Nr. 412-E. Das E stand für *Estrangeiro,* in der Fremde. Die Azoren haben in der Republik Portugal den Status einer autonomen Region und es war schon sehr ungewöhnlich, dass die *administraçao* in Brüssel um Amtshilfe gebeten wurde. Baptista schlug das Dossier auf und las. Es ging um den Mordfall Amaral. Vor genau sieben Tagen wurde die Leiche von Francisco Amaral grauenvoll zugerichtet und aufgedunsen im Hafenbecken der Insel Corvo gefunden. Corvo ist die kleinste der Azoreninseln. Sie besteht nur aus einem kleinen Vulkan und einem Dorf mit dreihundert Seelen. Dies war der erste Mord auf Corvo. Die Familie wollte bei dem einzigen Dorfpolizisten keine Anzeige erstatten, weil er der beste Freund des Ermordeten war. Der Bürgermeister entschied daher, in São Miguel um Amtshilfe zu bitten. Die zuständigen Beamten waren jedoch schlaue Füchse. Sie meldeten, im Moment gäbe es keine freien Kapazitäten und beriefen sich auf einen Paragrafen eines EU-Gesetztestextes. Demnach wird Fördergebieten der EU in begründeten Fällen kostenlose Amtshilfe gewährt.

Baptista rieb sich unzufrieden seinen Fünftagebart. Was für eine chaotische Vorgeschichte für einen Kriminalfall. Statt eines Polizisten, der sich vor Ort hervorragend auskennt, flog nun ausgerechnet einer vom Festland in einen der hintersten Winkel Portugals im Atlantik. Dabei war doch schon die Distanz zwischen den Bewohnern der Inseln und den Kontinental-Portugiesen berüchtigt. Er machte sich auf keinen freundlichen Empfang gefasst. Lustlos blätterte er weiter zu den wenigen bisherigen Fakten. Francisco Amaral war Landwirt, wie man im Amtsdeutsch sagte. Nun ja, das war in Corvo jeder irgendwie. Die Insel ist winzig. Selbstversorgung gehört zum Standard. Francisco wurde vor 55 Jahren als zweites Kind von Hernandez Amaral und Maria Ganao geboren. Der erstgeborene Sohn heißt Pão Amaral. Der tote Francisco war seit zwanzig Jahren mit Maria Grazia verheiratet. Sie hatten vier Kinder von acht bis vierzehn Jahren. Baptista versuchte sich etwas Auffälliges an diesem Lebenslauf zu merken, aber im Bericht gab es nichts.

Schließlich sah er sich den unangenehmsten Teil jedes Dossiers an: die Beschreibung der Leiche, der dazugehörigen Umstände und das forensische Gutachten. Der Tote wurde von der Betreiberin eines Restaurants gefunden, die das Putzwasser in das nahe gelegene Hafenbecken leerte. Es gab ein eigenartiges Geräusch, als sie das Wasser wegkippte. Daher beugte sie sich über den Quai, und stieß einen lauten Schrei aus. Zwei Fischer kamen angerannt und hievten mit Haken und Netzen den aufgedunsenen, scheinbar tonnenschweren Körper aus dem Hafenbecken. Als die Drei dann ihren Inselbewohner Francisco erkannten, rannten sie entsetzt zu dessen Frau Maria und alarmierten den Polizisten. Der forensische Bericht zeigte die üblichen schrecklichen Fotos. Baptista blätterte im Flugzeug schnell darüber hinweg. Er las schließlich, dass der Tod durch vier Messerstiche in den Rücken eingetreten war. Der Schädel war zuvor durch einen stumpfen Gegenstand verletzt worden. Zwischen zehn und zwölf Stunden hatte der Tote im Wasser gelegen, bevor er gefunden wurde. Franciscos Tod trat damit am Mittwoch gegen Mitternacht ein, vor sechs Tagen also. Baptista schlug das Dossier zu und packte es weg.

Da Silva wachte auf und begann Baptista noch ein wenig auszufragen. »Wo waren wir vorhin stehen geblieben? Sie wollten erzählen, wo die Reise hingeht.« »Ich bleibe nicht in São Miguel, sondern reise morgen früh nach Corvo weiter.« Da Silva zuckte merklich mit der Augenbraue. »Nach Corvo ausgerechnet. Was für eine Dienstreise kann man denn nach Corvo machen? Schon in Flores scheint das Ende der Welt erreicht. Wenn man nach Corvo will, überschreitet man die Grenze. Meine Großmutter sagte immer, der Vulkan dort führe direkt in die Hölle.« »So ein Unsinn«, wachte Toledo auf. »Belästigen Sie doch den Herren nicht mit diesem Aberglauben.« »Wieso Aberglauben? In Corvo hat der Teufel persönlich letzte Woche eine Leiche ausgespuckt.« Alle drei waren kurz still. »Alle denken, eine so kleine Insel könne ja wohl nur das Paradies sein. Ich bin auf Flores aufgewachsen, nur zehn Meilen entfernt von Corvo, und ich sage Ihnen, dass das die Hölle ist. Jeder beobachtet jeden, es gibt kein Entrinnen. Meine Geschwister und ich haben uns bei der ersten Gelegenheit aus dem Staub gemacht.« Baptista schaute da Silva interessiert an. »Aber nun ist es passiert: der erste Tote. Ein Wunder, dass es solange gedauert hat.« »Wie können Sie so etwas sagen?«, fuhr ihm Toledo dazwischen. »Ich fahre regelmäßig nach Corvo. Ich schwöre, dort leben die nettesten Menschen der Azoren, vielleicht auf diesem ganzen Planeten. Ob es ein Mord ist, steht doch noch gar nicht fest.« Die beiden ereiferten sich und vergaßen darüber, dass zwischen ihnen noch Baptista saß.

Das Flugzeug setzte zum Sinkflug an und landete, nicht ohne zuvor den Passagieren einen wunderschönen Ausblick auf São Miguel gewährt zu haben. Sogar Baptistas Herz öffnete sich. Im Gegensatz zu den anderen internationalen Flughäfen stiegen die Passagiere rasch aus und liefen unkompliziert über das Flugfeld zum Gebäude. Eines der vier Kofferbänder rumpelte los und Baptista nahm seinen zu schweren, alten Lederkoffer. Er konnte sich einfach nicht davon trennen. Damit hatte er seine ersten Reisen als Student gemacht. Man verabschiedete sich und Baptista stieg in ein Taxi ein, das ihn zügig zu seiner Pension in Ponta Delgada brachte, der Hauptstadt São Miguels. Es war früh am Abend. Morgen würde er zum Kommissariat und zum Leichenschauhaus gehen. Erst am späten Nachmittag würde die Maschine nach Corvo starten.

Dienstagabend, 11. Juni

»*Boa tarde*«, begrüßte er die Besitzerin. »Jao Baptista«, nannte er seinen Namen. »Ich hatte für eine Nacht reserviert.« »Herzlich Willkommen. Ich zeige Ihnen gleich Ihr Zimmer.« Sie führte ihn eine enge Treppe in den ersten Stock und öffnete eine quietschende Holztür. In dem kleinen Zimmer befand sich ein Bett, das mit einem schrecklich blau gemusterten Überzug bezogen war, und ein winziger Schreibtisch. »Es soll noch regnen«, gab ihm die Zimmerwirtin mit. »Eine gute Zeit für einen *Galão* nebenan.« Dann verschwand sie nach unten und hinterließ ihm einen kleinen Schlüssel mit einem riesigen Holzpflock. Ist das als Waffe gedacht, fragte sich Baptista unwirsch. Er wuchtete seinen Koffer auf das Bett, das sofort zu Ächzen und Stöhnen begann. Nur das Notwendigste für eine Nacht packte er aus. Dann zog er ein leichtes Baumwollhemd an und wollte losgehen. Sollte er einen Schirm mitnehmen, wie ihm die Zimmerwirtin geraten hatte? Draußen schien die Sonne. Ein Schirm war also unnötig, befand er. Er wollte lediglich einige Schritte am Hafen entlanggehen und ein leichtes Abendessen zu sich nehmen. Als er nach unten ging, war niemand am Empfangstisch. Er legte den schweren Schlüssel ab und trat vor die Tür.

Zum Hafen waren es rund zehn Fußminuten. Er atmete die frische Meeresluft ein und ging los. Ponta Delgada ist für Festlandsverhältnisse eine Kleinstadt mit 20.000 Einwohnern. Trotzdem kommt hier schnell das Gefühl einer Großstadt mit ihren Schaufenstern und Restaurants auf. Der Hafen bot einen wunderbaren Ausblick, obwohl die rostigen Hafenanlagen hässlich und bedrohlich wirkten. Sie hatten gegen den blauen Himmel, das Meer und die Stadt keine Chance, eine negative Wirkung zu verströmen. Baptista entschied sich, direkt im Hafen an der prachtvollen Avenida Infante Dom Henrique entlang zu gehen und durch die engen Gassen zurück. Dort würde er schon ein Restaurant finden. Nach einigen Minuten wurde es dunkel. Zunächst dachte er, die Abenddämmerung habe eingesetzt. Dann sah er jedoch große dunkle Wolken über sich. Schlagartig begann es intensiv zu regnen. Baptista war in Sekunden von oben bis unten durchnässt. Die meisten Leute falteten ihren Schirm auf oder zogen sich direkt in einen Unterstand zurück. Verärgert dachte er an die warnenden Worte der Zimmerwirtin. Während er zurück in die Pension eilte, verzogen sich schlagartig die Wolken und eine tropische Hitze machte das Atmen schwer. Baptista schwitzte und fror zugleich. Kopfschmerzen machten sich bemerkbar. Er würde sicher wieder krank werden.

Als er in nassen Kleidern die Treppen hoch lief, erntete er von der Besitzerin einen verachtenden Blick. Seinen ordentlich gepackten Koffer musste er nun doch auspacken. Die nassen Kleider hängte er notdürftig über einige Bügel, wohlwissend, dass sie in der hohen Luftfeuchtigkeit nicht trocknen würden. Er nahm ein Aspirin gegen die Kopfschmerzen. Inzwischen war es schon nach neun. Er ging wieder los und wollte beim nächsten Lokal etwas essen. Doch die ersten beiden waren voll besetzt. Es war Haupt-Speisezeit. Die Kellner gaben ihm zu verstehen, dass sie ohnehin in einer Stunde schließen würden und er daher nicht warten brauchte. In einem leichten Anfall von Panik – Baptista hatte seit heute Morgen nichts mehr gegessen – eilte er Richtung Innenstadt. Schließlich bekam er in einem schäbigen Lokal einen Platz. Er bestellte Fisch und bekam ein öliges Etwas, von dem er anfangs nicht wusste, ob es wirklich essbar war. Wie lieblos kann man denn mit einem Lebewesen umgehen, fragte er sich. Er trank einen mittelmäßigen Rotwein und wurde gegen zehn Uhr tatsächlich gedrängt zu zahlen. Ihm war schlecht von dem öligen Essen, als er nach Hause lief. Er legte sich ins Bett und schlief schnell ein. Mitten in der Nacht wurde er aus dem Schlaf gerissen. Er hatte Magenschmerzen. Unruhig lief er in dem kleinen Zimmer auf und ab. Irgendetwas schien ihm an dem Fall Amaral merkwürdig. Er nahm noch ein Aspirin und schlug das Dossier auf.

Im Flugzeug hatte er den forensischen Bericht nur rasch durchgeblättert. Doch etwas war ihm aufgefallen. Er sah sich die schrecklichen Fotos der aufgedunsenen Leiche an. Der Gerichtsmediziner sagte, dass der Tod durch vier Messerstiche im Rücken eingetreten war. Beim ersten Blättern hatte Baptista auf dem Rücken kleinere Flecken bemerkt, die in dem Bericht nicht erwähnt wurden. Er dachte, dass es sich um Blut handeln würde. Er bemühte sich im schemenhaften Licht der kleinen Zimmerlampe, das Bild genauer zu erkennen. Die Flecken erinnerten ihn an einen anderen Fall. Damals waren es Abdrücke einer brennenden Zigarette. Wurde Francisco vor seinem Tod gefoltert? Wie können Menschen nur so hassen, fragte er sich. Dann schlug er nochmals im Bericht nach, aber dort war über die Flecken nicht das Geringste zu lesen. Was für eine Schlampigkeit. Oder Absicht. Er begann zu husten. Die Lungenentzündung machte sich wieder bemerkbar. Angeekelt von den Fotografien legte er das Dossier zur Seite. An Schlaf war nicht zu denken. Baptista nahm sich daher den Reiseführer über Corvo zur Hand.

Er entdeckte eine höchst ungewöhnliche Insel. Corvo ist die kleinste und nördlichste Insel der Azoren. Sie liegt nur wenige Seemeilen von der Nachbarinsel Flores entfernt und ist siebzehn Quadratkilometer groß. Am Fuß eines Vulkankraters befindet sich die Hauptstadt Nova do Corvo. Sie ist mit gut dreihundert Einwohnern die kleinste Gemeinde mit Stadtrecht in Portugal. Die Infrastruktur ist für europäische Verhältnisse völlig unterentwickelt. Selbst Priester und Ärzte waren noch vor zwanzig Jahren nur auf der Nachbarinsel zu bekommen. In dem Führer waren einige Bilder zu sehen. Ein Paradies, dachte er. Und nun ein Mord, der erste Mord in der Inselgeschichte. Wahrscheinlich wird sich niemand freuen mich zu sehen, ahnte Baptista. Seine Magenschmerzen ließen nach. Er löschte das Licht und fiel in einen unruhigen Schlaf.

Eine Wasserleiche stach mit einem Messer wild auf seinen Brustkorb ein. Schweißgebadet wachte er auf. Seine Lungen schmerzten. Die Dämmerung hatte begonnen. Es war kurz nach sechs. Entkräftet und übermüdet stand er auf und rasierte sich. Der Spiegel war beschlagen. Er schnitt sich am Hals und begann zu bluten. Wie ein abgeschlachtetes Schwein, ging es ihm durch den Kopf. Mit einem Handtuch versuchte er vergeblich die Blutung zu stillen. Er nahm sein Hemd vom Bügel und ging gegen sieben Uhr nach unten in den kleinen Frühstücksraum.

Mittwochmorgen, 12. Juni

Die Zimmerwirtin begrüßte ihn schlaftrunken. »*Bom dia.*« Danach sprach keiner von beiden. Ungefragt bekam er einen *Galão* und einen kleinen *Bolo,* ein Brot aus süßem Hefeteig. In Zeitlupe aß er, um zu verhindern, dass er einen Hustenanfall bekam. Das warme Getränk tat ihm gut, obwohl er vom Koffein sicher bald Kopfschmerzen bekommen würde. So konnte sein Leben nicht weitergehen. Sobald er wieder in Berlin war, würde er seinen Job hinschmeißen und wieder anfangen zu schreiben. Und gesund leben, wieder eine Frau kennen lernen. All das, wofür das Leben da ist.

Der Schlag einer Standuhr weckte ihn aus seiner depressiven Stimmung. Es war schon acht Uhr. Das Kommissariat hatte auf, ebenso die Leichenhalle. Baptista stand auf, stieg mühsam die enge Treppe nach oben und packte seinen Koffer. Das Bett roch von der Nacht säuerlich nach Schweiß. Die Gedanken an die Leiche klebten in der feuchten Luft. Er war richtig krank, stellte er fest. Wahrscheinlich würde er bald Fieber bekommen. Wie auch immer: Heute Nachmittag flog die Maschine nach Corvo. Er musste sich beeilen. Schnaufend trug er den Koffer nach unten und bezahlte. Die Zimmerwirtin sah ihn mitleidig an. »Wo müssen Sie denn hin?« »Nach Corvo.« »Soll sehr schön sein.« »Oh, ich bin beruflich hier.« »Beruflich gibt es nicht. Man ist immer als ganzer Mensch unter Gottes Aufsicht.« »Sie haben Recht.« »Gott sei mit Ihnen und gute Gesundheit.« Baptista war froh, als er auf der Straße stand. Es war einfach furchtbar, unter Dauerbeobachtung zu stehen und schlaue katholische Sprüche zu hören. Zum Kommissariat war es nicht weit. Er ging zu Fuß. Die Sonne ging langsam auf und verbreitete in der hohen Luftfeuchtigkeit eine brütende Hitze. Sofort begann Baptista zu schwitzen. Er drückte sich an den Häuserwänden im Schatten entlang, bis er das Kommissariat erreichte.

Es war in einem ehrwürdigen Bau untergebracht, der ganz im klassizistischen Stil der prächtigen *Palàcios* gestaltet war. Er öffnete die schwere Holztür und trat ein. Rechter Hand befand sich der Empfang. Dort wurde er auch schon misstrauisch beäugt. »*Bom dia*, Senhor. Zu wem möchten Sie denn?« »Ich habe einen Termin bei Senhor da Rosa.« Der Portier war sichtlich zufrieden, einen bekannten Namen aus Baptistas Mund zu hören. »Da müssen Sie in den ersten Stock, gleich linker Hand.« »*Obrigado*«, bedankte sich Baptista und stieg die Treppe nach oben. Er fand die Tür gleich und klopfte an. »Herein«, rief eine kräftige Stimme, die zum Namen da Rosa nicht richtig passte. Als er die Tür öffnete, sah er da Rosa bei seinem zweiten Frühstück. Nach dessen Körperumfang zu urteilen, könnte es auch bereits das dritte Mahl sein. »*Chamo-me* da Rosa«, stellte sich da Rosa vor. »Und Sie sind sicher Senhor Baptista.« »Sehr erfreut.« »Möchten Sie einen Kaffee?« Baptista wollte ablehnen, um seine leichten Kopfschmerzen nicht zu verstärken, entschied sich dann jedoch, dass das unhöflich sei. »*Sim, se faz favor*«, bedankte er sich. Da Rosa verschwand durch eine Seitentür und Baptista hatte die Gelegenheit sich das wunderschöne Gebäude anzusehen. Man sagt, es würde für Portugal und die EU billiger sein, alle Bewohner der Açores in einem Vier-Sterne-Hotel unterzubringen, als ständig Zuschüsse zu allem Möglichen zu gewähren. Dieses Gebäude war mit Sicherheit ein Beispiel für diese These.

Nach einer übermäßig langen Zeit kam da Rosa mit dem Kaffee zurück. »Ich habe nicht so viel Zeit, weil mein Flugzeug nach Corvo heute Nachmittag geht.« »Keine Eile. In Corvo werden Sie die Zivilisation verlassen. Keine Ärzte, keine Priester.« »Warum kann der Fall nicht von einem ortskundigen Kollegen bearbeitet werden«, fragte Baptista. »Zu viel zu tun.« Das glaubt doch keiner, dachte sich Baptista. »Wie auch immer. In dem Dossier standen recht wenige Informationen zur Familie des Ermordeten. Können Sie mir noch etwas für meinen Aufenthalt auf Corvo mitgeben?« Der Beamte musterte ihn etwas zu lange. Baptista hatte den Eindruck, dass er überlegte, was er von seinem Wissen preisgeben sollte. »Wir sind hier auf São Miguel. Das ist mehrere hundert Kilometer von Corvo entfernt und dazwischen liegt der wilde Atlantik. Wir wissen auf den Inseln nicht viel voneinander. Von daher kann ich Ihnen nicht viel sagen. Corvo ist eine durchaus wohlhabende Insel. Man darf sich nicht täuschen lassen, weil viele Gebäude zerfallen wirken. Seit den schlechten Zeiten, die bis in die 70er Jahre dauerten, geht es denen recht gut. Sie erhalten aus EU-Töpfen eine Menge Geld. Eigentlich erstaunlich, dass dort bisher noch nicht viel mehr passiert ist. Man munkelt auch von Erzvorkommen, die es auf Corvo geben soll. Am besten telefonieren Sie mit dem Polizisten von Flores. Sie wissen doch, die Nachbarinsel. Hier ist seine Nummer.« Baptista verstand, dass er nun gehen sollte. Er stand auf und verabschiedete sich.

Draußen war das Wetter wieder angenehmer. Wolken verdeckten die Sonne und der stetige Wind erzeugte ein angenehmes Klima. Sollte er noch schnell zum Arzt? Dann würde er den Flug nicht mehr schaffen. In Corvo fände sich sicher mehr Zeit. Schnellen Schrittes ging er zur Gerichtsmedizin. Ein älterer Herr nahm ihn in Empfang.

»Ich habe den Obduktionsbericht gemacht, wie alle anderen auch, die hier auf den Azoren zu machen sind. Matteo ist mein Name.« »Danke für Ihre Zeit, Senhor Matteo. Können Sie mir die Leiche bitte zeigen?« Sie gingen in den Keller. Dort sollte die Kühlung auch in Notfällen auf natürliche Weise sichergestellt sein. »Auf São Miguel sind Kellerräume immer noch ungewöhnlich«, bemerkte Matteo. »Überall lauern vulkanische Quellen.« Er nahm eine Kladde aus einem Aktenschrank und öffnete dann den Kühlraum. Baptista begann sofort zu zittern und unterdrückte seinen trockenen Husten. Matteo schaute ihn überrascht an. »Nur eine Erkältung«, erklärte er. »Hier wird sich jedenfalls keiner mehr anstecken«, meinte Matteo mit einem trockenen Humor. Francisco Amaral lag auf einer Roll-Liege. Das war für Baptista der schrecklichste Moment bei jedem Mordfall. Der Leichensack wurde geöffnet. Gab es auf der Welt eigentlich überall die gleichen Leichensäcke?

Das Gesicht von Amaral war im Vergleich zu dem Foto kaum verändert. Matteo wendete den Körper. Die dunklen Flecken auf dem Rücken waren gut zu erkennen. »In Ihrem Bericht haben Sie diese Flecken hier nicht erklärt. Was glauben Sie, ist das?« Matteo schaltete das weißgrelle Untersuchungslicht ein. »Ich hatte es für Veränderungen der Haut durch das Wasser gehalten.« Baptista beobachtete Matteo genau. Aber er konnte an seiner Mimik nicht erkennen, ob das wirklich die Meinung des Arztes war. »Könnten es Verbrennungen sein?« »Das ist schwer zu sagen. Durch das Meerwasser wird die Hautoberfläche stark angegriffen. Wäre er an Land gestorben, könnte man das leicht herausfinden. Möglich ist es aber. Haben Sie einen Anhaltspunkt?« »Die Bilder haben mich an einen früheren Fall erinnert.« »Ich schicke eine Probe in das

Labor. Vielleicht lassen sich noch ausreichend Erkenntnisse gewinnen.« »Danke.« Baptista verabschiedete sich und eilte zum Flughafen. Die Beamten musterten ihn unangenehm, weil er durch die Lungenentzündung wieder stark zu schwitzen begonnen hatte. Auf Corvo wollte er gleich einen Arzt aufsuchen. In der kleinen Maschine war es nicht voll. Er setzte sich auf seinen Platz und schlief sofort vor Erschöpfung ein.

Das Flugzeug landete auf einer winzigen Piste. Fast hatte man Angst, dass die Landebahn nicht ausreiche. Schon von oben sah man, dass Corvo – der Name bedeutet ›Rabe‹ – eine winzige Insel war. Baptista dachte an die vielen Vorurteile von Menschen gegenüber Raben. In der Renaissance wurden sie gerne neben Apollo oder Bacchus als Zeichen der Intelligenz gezeigt. Dann dachte man, sie würden andere Vögel töten und begann sie bis zur Ausrottung zu jagen. Warum nennt man eine Insel so? Das Wort Açores bedeutet ›Habicht‹. Dabei wirken diese Inseln friedlich, wie kaum ein anderer Ort.

Mittwochabend, 12. Juni

Die zehn Passagiere stiegen aus und wurden von der halben Insel interessiert willkommen geheißen. Es war früher Abend und man hatte offensichtlich Zeit. Ein vierzigjähriger Mann mit Krawatte und einem sympathischen Gesicht, das von dunklen Haaren eingerahmt war, kam auf Baptista zu. »*Bem-vindo* in Corvo. Sie müssen Senhor Baptista sein. Ich freue mich, Sie im Namen des Bürgermeisters willkommen zu heißen. Mein Name ist Delgado, Teo Delgado. Aber kommen Sie, ich bringe Sie zu Ihrem Zimmer.« »Sehr erfreut«, hustete Baptista. Sie gingen einige Schritte zu Delgados Wagen, einem einfachen Seat. »Ich hoffe, Ihr Flug war angenehm.« Wieder verfiel Baptista in einen Hustenanfall. Er hatte das Gefühl, kaum noch atmen zu können. »Danke, der Flug war gut. Ich benötige etwas für meine Erkältung. Wo gibt es denn einen Arzt?« Sie fuhren seit drei Minuten. Senhor Delgado hielt an. Baptista dachte, er habe eine falsche Frage gestellt. »Wir sind da«, seufzte Delgado, als wären sie seit Stunden unterwegs. »Einen Arzt gibt es erst übermorgen. Er kommt zweimal die Woche aus Flores. Bis dahin müssen Sie mit Kamillentee vorliebnehmen.« Corvo besaß ein einziges Hotel, das Casa de Hóspedes. Senhor Delgado – Dezernent für außergewöhnliche Angelegenheiten – wie er sich vorstellte, brachte ihn jedoch zu María Lancha, die ein Haus direkt neben dem Rathaus besaß. Sie stiegen aus. Delgado klopfte an die Tür und trat dann ein. Er rief etwas in das Haus hinein. Die Treppe knarrte und eine alte Dame, Senhora Lancha, stand vor ihnen. Sie begrüßte Delgado überschwänglich und beäugte Baptista misstrauisch. Schließlich entschied sie sich, ihm die Hand zu geben.

»Sie sind also der Polizist?« Senhora Lancha machte keinen Hehl aus ihrem Misstrauen. »Der arme Francisco. Nun soll ihm Gerechtigkeit widerfahren.« »Baptista. Sehr erfreut.« »Ihr Zimmer ist im ersten Stock.« Die beiden Männer folgten ihr die knarrenden Stufen hinauf. In einem sehr einfachen, aber sympathischen Zimmer stellte Baptista seinen Koffer ab. Er fühlte sich schrecklich und plante sich ins Bett zu legen. »Kommen Sie doch gleich mit. Meine Frau hat uns etwas zubereitet. Dabei können wir auch für morgen das Wichtigste besprechen.« »Ich fühle mich schrecklich«, meinte Baptista. Die Gesichter von Delgado und Lancha klappten schlagartig nach unten. Er hatte wohl eine ungehörige Beleidigung ausgesprochen. Er räusperte sich kurz. »Geben Sie mir fünf Minuten. Ich komme dann runter.« Die Gesichter der beiden hellten sich auf. »Sehr schön.« Die Tür fiel ins Schloss. Baptista fiel auf das Bett. Ihm wurde schwarz vor Augen. Er hatte fiebrigen Schweiß auf der Stirn. Sein Brustkorb war ein einziger Schmerz. Er kramte einige Aspirin heraus und nahm zwei auf einmal. Durch das Fenster hörte er die Stimmen von Delgado, Lancha und zwei weiteren Personen. »... nicht richtig, dass ein Fremder hier rumwühlt.« »... unser Geheimnis ...« »Die interessiert doch gar nicht, was mit uns geschieht. Am besten reist er schnell wieder ab.« »... endlich hat es den Richtigen getroffen ...« Baptista ging vorsichtig ans Fenster und versuchte zu erkennen, mit wem Delgado und Lancha redeten. Das kleine Fenster ließen jedoch keinen Blick auf das Grüppchen zu. Das kann ja heiter werden, murmelte Baptista in seinen fiebrigen Kopf hinein. Rasch wechselte er das Hemd und ging nach unten. Sobald die Treppen knarrten, verstummten die Stimmen. Delgado saß scheinbar wartend in seinem Auto. Senhora Lancha zupfte alte Blumenblätter.

»Steigen Sie ein. Das Essen wird Sie wieder aufpäppeln«, rief ihm Delgado zu. Du falscher Hund, dachte Baptista. »Gerne. Danke.« Er stieg ein und sie fuhren um zwei Straßenecken herum in die Rua da Fonte, wo sie vor einem einfachen Haus ausstiegen. An der Fassade blätterte Farbe ab und der Vorgarten war vollkommen ungepflegt. Als sie eintraten, sah Baptista jedoch sofort, dass sich der schlechte Eindruck lediglich auf die Fassade bezog. Der Innenraum war hervorragend eingerichtet und hatte beinahe etwas Luxuriöses. Senhora Delgado eilte ihm aus der Küche entgegen. Sie war umgeben von einem appetitanregenden Duft. »Sehr erfreut. Setzen Sie sich doch. Mein Mann serviert Ihnen einen kleinen Aperitif.« Ein scharfer Seitenblick zu ihrem Mann zeigte deutlich, wer in diesem Haus die Entscheidungen traf. Baptista konnte es nicht vermeiden, einen Blick auf das runde Hinterteil von Senhora Delgado zu werfen. Wie die meisten Frauen auf den Azoren war sie üppig und strahlte dadurch eine große Lebensfreude aus. Trotz seines fiebrigen Zustandes fühlte Baptista die Anziehungskraft, die Senhora Delgado auf ihn ausübte.

»Was möchten Sie, Senhor Baptista? Einen Maracujalikör?« Baptista wollte eigentlich nichts Alkoholisches. Doch als er den erwartungsvollen Blick von Delgado sah, stimmte er zu. »Man hat mir erzählt, dass es auf Corvo noch nie einen Mord gegeben hat. Stimmt das?« »Noch nie. Ich weiß nicht, ob Sie sich die Bestürzung hier überhaupt vorstellen können. Hier kennt jeder den anderen. Etwas mehr als dreihundert Personen leben hier. Wir stammen alle von zehn Familien ab. Durch Heirat sind die meisten miteinander verwandt. Auf dieser Insel gibt es noch nicht einmal Schlösser an den Türen.« »Das ist mir schon aufgefallen. Ich dachte aber, das sei eine Ausnahme.«

»Nein, nein. Niemand schließt seine Tür ab. Wozu auch? Warum sollte ich meiner eigenen Familie etwas stehlen. Hier müssen alle zusammenhalten. Wir sind eine kleine Herde auf einem brodelnden Vulkan. Gott schütze uns.«

»Normalerweise arbeite ich in Berlin und Brüssel, wie sie vielleicht wissen. Dort geschehen in jedem Stadtviertel jährlich dutzende Morde. Sie leben hier im Paradies.« Dann verfiel Baptista in einen Hustenanfall. Er sprang auf und suchte im Bad, das er zum Glück gleich fand, einen Moment Ruhe. Er schüttete sich Wasser ins Gesicht und stand auf seinen zittrigen Beinen eine Weile ruhig da. Wie soll ich das bis übermorgen schaffen, dachte er. »Alles in Ordnung?«, fragte die Senhora und klopfte leise an die Tür. »Ja. Bin gleich soweit.« Offensichtlich war er schon einige Minuten im Bad gewesen. Er riss sich zusammen und ging wieder ins Wohnzimmer. Senhora Delgado blickte ihn mit einem besorgten, warmen Blick aus ihren großen Augen an. Jao Baptista verschwand in diesem Blick, wurde aber jäh wieder herausgerissen, als Senhor Delgado einen Salat mit grünen Tomaten und einen duftenden Eintopf aus der Küche hereintrug. »Seit ich aus Berlin fort bin, hat mich eine elende Erkältung gepackt«, erklärte Baptista sein Verbleiben im Bad. »Da ist der Eintopf genau das Richtige. Aber zuvor nehmen Sie doch etwas Salat.«

Baptista nahm sich von den grünen Tomaten. Sie sahen nicht besonders schön aus. Und die Senhora hatte sich auch keine Mühe gegeben, die Tomaten irgendwie anzurichten. Lieblos, ging ihm durch den Kopf. Zwischen den Tomatenstücken fand er eingelegten Tintenfisch. Als er jedoch den ersten Bissen im Mund hatte, erfüllte ein wunderbares Aroma seinen Gaumen. Gartenfrisch und mit einer nussigen Note betörte der Salada de Polvo seinen Geschmack. Abgerundet durch einen Schluck Rotwein hätte er in diesem Moment sich nichts vorstellen können, das er lieber hätte essen mögen.

Danach erweckte der Eintopf bei Baptista einen vergleichbaren Eindruck. Farbe und Konsistenz waren beinahe unappetitlich. Nichts, das man einem Gast vorsetzen würde. Der Geschmack zarter Möhren und Zwiebeln, von deftigem Kohl, aromatischen Kartoffeln und Speck, bestreut mit frischen Kräutern, ergab jedoch einen unnachahmlichen Geschmack. Baptista dachte, dass das Essen ein wenig wie die Häuser auf Corvo sei: verfallene Fassade, aber wunderbares Innenleben.

Während des Essens war es recht still. Baptista blickte verschämt zu Senhora Delgado hinüber und bekam einige feurige Blicke als Antwort. Senhor Delgado schien mit dem Essen und dem Wein beschäftigt. Niemand wollte über den Mord sprechen. So beschränkte man sich auf Themen wie Wetter und Weinanbau. Letztlich wussten aber alle, dass es um ein unappetitliches Ereignis ging. Zusammen mit einem Schnaps wurde als geschmackliche Krönung ein *Maçãs assadas*, ein Bratapfel, serviert. Und erst nach dem Schnaps entstand ein ungezwungeneres Gespräch. Baptista fragte: »Was hat es eigentlich mit diesem Vulkan hier auf sich? In allen Reiseführern wird er erwähnt.« »Der Vulkan und wir, wir gehören zusammen. Den Krater nennen wir Corvianer nicht wie die anderen Bewohner der Açores *Caldeira*, sondern *Caldeirão*. Diese Insel ist ein Vulkan. Wir lieben ihn und verehren ihn. Er ist alles, was wir haben. Wissen Sie, Senhor Baptista, unser Leben hier ist sehr einfach. Wir bauen etwas Gemüse an und werden von Touristen besucht. Der Vulkan gibt uns guten Boden und er sorgt dafür, dass die Touristen kommen.« »Kann er denn nicht eines Tages ausbrechen?« »Das weiß nur Gott. Bis dahin ernährt er uns.« Baptista spürte, wie nach dem

Wein und dem guten Essen seine gesamte Lebensenergie in Richtung Magen floss und für den Rest nichts mehr blieb. Er wurde stark fiebrig und konnte die Delgados nur noch schemenhaft erkennen. Senhor Delgado fuhr ihn dann zu seinem Zimmer.

Baptista ließ sich in seinen Kleidern auf das Bett fallen. Von unten hörte er wieder Stimmen. »Wenn er es herausfindet ... wir müssen Luìs warnen ...« Er war sich jedoch nicht sicher, ob er alles nur in seinem Delirium fantasierte. Mitten in der Nacht schreckte er auf. Etwas berührte ihn im Gesicht. Er fuchtelte panisch herum, bis er schließlich merkte, dass es sein umgeklappter Hemdkragen war. Baptista mühte sich auf. Seine Kleider waren durchnässt. Er zog sich einen Schlafanzug an. Dann nahm er wieder zwei Aspirin und öffnete das Fenster. Eine sternenklare Nacht. In Berlin mochte er den Mond, auch wenn man ihn nicht so oft sah. Hier erschien er ihm unheimlich. Einige Fledermäuse gingen auf Jagd. Baptista schloss das Fenster und schlief unruhig wieder ein.

Donnerstagmorgen, 13. Juni

Am Morgen wachte er mit bestialischen Kopfschmerzen auf. Die Sonne schien auf seinen Kopf. Bereits eine kleine Drehung nach links verursachte einen Schmerz, als würde ein glühend heißes Eisen in seine Augen gebohrt. Wie spät war es? Er blinzelte auf seine Armbanduhr. Kurz nach neun. Er wollte früh aufstehen, um sich eine Strategie für den Tag zurechtzulegen. Wollte nicht Delgado um zehn kommen? Schon das Denken führte zu einem leichten Wummern in seinem Schädel. Er griff zu den Aspirin. Zwei Stück waren noch in der Schachtel. Baptista entschied daher, nur eine zu nehmen und die andere für den frühen Abend zu bewahren. Morgen sollte der Arzt kommen. Er zerbiss die Tablette und wartete, bis die Wirkung eintrat.

Dann stand er auf und machte sich fertig. Qualvoll. Als er angezogen die Türe öffnete, war er bereits wieder schweißgebadet. »Bom dia«, begrüßte ihn die Dame des Hauses überschwänglich. »Einen *Galão*?« »*Obrigado*«, murmelte Baptista. »Ein herrlicher Tag, nicht wahr?« Baptista überhörte den Satz einfach. Als Kaffee und Milch seinen Hals hinunter rannen, begann er sich etwas besser zu fühlen. Senhora Lancha ließ sich nicht entmutigen: »Eine Cousine von mir lebte in Furnas auf São Miguel. Dort bin ich rettungslos den Bolos Levados verfallen, die sie in den nächsten Tagen hier zum Frühstück bekommen. Guten Appetit!« Baptista wollte noch immer nicht sprechen. Er biss in einen kleinen Bolo und spürte trotz seines schon wunden Halses ein angenehmes Gefühl. Dann kam auch schon Delgado. Nun krächzte Baptista auch sein »Bom dia.« »Wo fangen wir an?«, fragte Delgado. »Mit dem Ort des Geschehens. Wir sollten uns die Fundstelle ansehen. Danach möchte ich gerne mit der Familie von Francisco Amaral sprechen.« Sie stiegen in den Wagen und fuhren höchstens zwei Minuten zum Hafen. Auf der Hafenmauer saßen bereits die älteren Dorfherren und beäugten interessiert, wie die beiden ausstiegen.

»Wir haben insgesamt drei Häfen auf Corvo. Da gibt es einmal den alten Hafen Porto Novo. Er wird jedoch nicht mehr als Hafen benutzt. Eigentlich schwimmen wir und die Touristen nur noch darin. Hier stehen wir am Casa. Er ist am wenigsten geschützt. Aber die Mole entspricht modernen Anforderungen und da drüben gibt es sogar einen kleinen Kran.« Delgado wies nach rechts. »Naja, und dann gibt es noch den Fischerhafen de Boqueirao. Aber außer für kleine Boote ist er nicht zu gebrauchen.« Delgado grüßte einen Bekannten in einer Bar nebenbei. »Ein Cousin von mir. Kommen Sie. Hier an der äußeren Mole hat man Francisco gefunden.« Delgado parkte das Auto gegenüber der Gruppe alter Männer. Als sie ausstiegen, waren sie gezwungen an den Herrschaften vorbei zu gehen. Während Delgado allen freundlich zunickte, kam sich Baptista wie unter einem Mikroskop vor. Nicht dass er solche Situationen nicht kennen würde. Im Gegenteil, sie waren typisch für seinen Beruf. Aber er hatte auch nach über zwanzig Jahren keine Routine entwickelt. Jeder Tote stürzte Baptista in tiefe Trauer und die Beobachtung von Fremden verursachte Unbehagen. Damit lebte er und seine Gesundheit musste es ausbaden.

Delgado führte ihn zu einer niedrigen Hafenmauer. Kleinere Fischerboote hatten dort festgemacht. Obwohl die Boote verwittert wirkten, machte das Hafenbecken einen romantischen Eindruck auf Baptista. Vielleicht war es auch einfach die Vorstellung, auf einer winzigen Insel mitten im Atlantik zu sein. Dennoch brannte die Sonne dermaßen intensiv auf seinen mit Schmerzen angefüllten Kopf, dass ihm selbst keine Sekunde romantisch zu Mute war. »Stellen wir uns einige Fragen«, begann Baptista die beruflichen Überlegungen. »Kann der Mord hier geschehen sein? Und wenn nicht, wie gelangte die Leiche hierher?« »Als Todeszeitpunkt wurde Mitternacht angegeben. Um die Zeit ist hier niemand auf der Straße. Allerdings liegen um den Hafen herum einige Häuser. Dort hätte man sicher die Schreie gehört.« Baptista ließ seinen Blick schweifen.

Am Hafen waren die Fassaden besser gepflegt als etwa in Delgados Straße. Die Wände leuchteten weiß, Türen und Fenster waren in strahlendes Blau gefasst. Es gab drei kleinere Bars, die die Fischer und andere mit dem Wichtigsten versorgten. Wie kann man in so einer Umgebung einen Mord begehen, fragte sich Baptista. Möglicherweise gab es ein wirklich perfides und sadistisches Gehirn, das den Mord detailliert geplant hatte. Dann hätte er das Opfer betäubt und mit einem Wagen hier her gebracht, um es vor allen Augen in den Hafen zu werfen. Baptista erschien das völlig unglaubwürdig. Das sind Methoden der organisierten Kriminalität, die auf Corvo wohl nicht zu finden ist. Und überhaupt: Warum sollte man sich auf einer fast unbewohnten Insel ausgerechnet den Hafen für ein Verbrechen aussuchen? »Kann es sein, dass die Leiche hier angeschwemmt wurde?«, fragte Baptista. »Möglich ist das auf jeden Fall. Sehen Sie dort.« Delgado wies auf einen dunklen Fleck, der mit einem Netz an der Hafenmauer befestigt war. »Das ist ein toter Hai. Er wurde erst gestern vom offenen Meer hereingeschwemmt. Allerdings müssen dafür die Strömungen günstig stehen. Der Golfstrom erzeugt einen ungeheuren Sog, der alles von den Inseln wegspült.« Baptista sah auf den toten Fisch und überlegte, ob Fische auch Schmerzen spüren konnten.

»Im Obduktionsbericht stand, dass er einige Stunden im Wasser lag. Tagsüber wäre es wohl ausgeschlossen, dass er diese lange Zeit unbemerkt blieb. Über Nacht ist das natürlich denkbar. Trotzdem: Ihn mitten im Hafen abzuwerfen erzeugt unnötige Aufmerksamkeit.« Bei diesen Überlegungen beließen es die beiden. »Kommen Sie. Ich bringe Sie nun zu seiner Frau.« Delgado lief in Richtung Wagen. Wieder wurden sie von den rund zehn älteren Männern argwöhnisch betrachtet. »Sag schon, Teo. Es war doch Pão. Das Schwein!« Baptista sah etwas erschrocken auf. Der Mann, der ihnen die Worte zurief, hatte ein verwittertes Gesicht. Tiefe Furchen zogen sich vom Mund nach unten. »Wer ist das?«, raunte er Delgado zu. »Ach, der alte Bastelio. Die Sonne hat sein Gehirn ausgetrocknet, als er einmal zu lange auf dem Meer blieb. Nehmen Sie ihn bloß nicht ernst.« »Und dieser Pão. Warum verdächtigt er ihn?« »Pão ist ein Einzelgänger. Er ist der Bruder von Francisco und tickt nicht mehr ganz richtig. Er wohnt am Rand des Kraters. Bei Vollmond zündet er ein Feuer an und tanzt laut schreiend herum. Die Leute glauben, er sei an allem Schuld.« Dann wandte sich Delgado an Bastelio. »Sag deinen Schafen einen Gruß. Und mach ihnen keine Angst mit deinen Geschichten.« In Bastelios Gesicht machte sich beinahe ein Lächeln breit. Die anderen gaben ein leises Gekicher von sich. Delgado und Baptista verließen mit dem Auto Vila Nova und fuhren ein Stück auf einem Feldweg, bis sie ein Haus erblickten.

Maria Grazia arbeitete im Garten. Sie hatte die einfache Kleidung der Bauersfrauen an und zupfte zwischen den Beeten das Unkraut. Unwillig hob die fünfzigjährige rüstige Frau den Kopf, als sie das Auto wahrnahm. Delgado reichte ihr die Hand. »Maria, gut, dass du da bist. Das hier ist Senhor Baptista. Er untersucht den Fall.« Mit großer Skepsis betrachtete Senhora Maria Grazia den Herrn aus Europa. »Wie soll ein Fremder denn helfen können?«, meinte sie wenig erfreut. Das fragte sich Baptista auch. Dennoch sagte er mit überzeugender Stimme: »Nun ja, ich werde mein Bestes tun. Und Senhor Delgado unterstützt mich ja auch tatkräftig. Hätten Sie ein paar Minuten Zeit für einige Fragen?« »Zeit, Senhor Baptista, davon haben wir auf Corvo im Übermaß. Man kann daran ersticken.« Baptista war überrascht über die unverhohlene Feindseligkeit, die Senhora Grazia gegen ihn zu hegen schien. Aber er hatte bei den Angehörigen von Mordopfern in seiner Laufbahn schon oftmals sehr überraschendes Verhalten erlebt. Vor Jahren wurde auf einer Hochzeit der Bräutigam in der Kirche von seinem besten Freund erschossen. Als Baptista die junge Witwe besuchte, gab sie ihm eine heftige Ohrfeige und begann zu weinen. Die ersten Reaktionen können eine gute Hilfe bei den Ermittlungen darstellen. Man musste sie allerdings richtig zu deuten wissen.

Sie gingen in das Haus. Von außen schien es beinahe zusammenzufallen. Im Wohnzimmer knarrten die nicht gut befestigten Fensterläden im Wind. Sie setzten sich an den Esstisch. Baptista hustete und hatte zum wiederholten Male das Gefühl, dass sein Brustkorb platzen würde. Maria Grazia machte nicht die geringsten Anstalten, ein Wasser anzubieten, geschweige denn, dass sie Mitleid zeigte. So stand Baptista kurz entschlossen auf und holte sich selbst ein Glas Wasser aus der Küche. Er atmete tief durch und ignorierte sein nassgeschwitztes Hemd. »Senhora Grazia, ich habe von Francisco nur aus den Akten gelesen. Was für ein Mensch war Ihr Mann?« »Francisco war mein Mann.

Das ist im Wesentlichen alles.« Die Senhora schwieg. Alle schwiegen. Schließlich durchbrach Baptista das Schweigen. »Nach einem Mord möchte man gerne alles vergessen. Könnten sie dennoch erzählen, wie er war?« »Den Mord vergessen? Ha. Ich wurde gezwungen ihn zu heiraten, als ich sechzehn war. Damals hatte ich am Frühstückstisch gesagt, ich wolle nach São Miguel und Jura studieren. Mein Vater ist blass geworden und warf ein Messer nach mir. Meine Mutter schrie hysterisch, und eine Woche später war ich verheiratet. Francisco war damals dreiundzwanzig Jahre und was das Wichtigste war: Er kam aus der Familie der Amarals. Vielleicht war Francisco kein ganz schlechter Mensch. Aber er benahm sich wie ein Tyrann. Ich habe ihm nie den Tod gewünscht. Aber das Gute in der Welt ist durch seinen Tod nicht viel weniger geworden. Und das sage ich als seine Frau. Punkt.« Baptista hatte sich ein kleines Notizbüchlein auf den Tisch gelegt und versuchte mitzuschreiben. Er stockte jedoch mehrfach, weil ihm so ungeheuerlich erschien, was Senhora Grazia sagte.

»Wann haben Sie ihn zum letzten Mal lebend gesehen?« »Er lag betrunken am Dienstagnachmittag im Bett. Zuvor hatte er versucht, mich mit einer Zaunlatte zu verprügeln. Aber ich kann mich wehren. Am Ende war er es, der mit blauen Flecken im Dreck lag. Ich habe ihn ins Bett geschleift und bin mit den Kindern zu meiner Schwester gefahren. Als ich am Mittwochmorgen wiederkam, war Francisco weg.« »Wo sind ihre Kinder denn jetzt?« »In der Schule, Senhor. Wir sind hier zwar in der Mitte des Ozeans, aber eine Schulpflicht gibt es trotzdem. Allerdings befindet sich die weiterführende Schule auf Flores. Ich hoffe, dass meine Kinder bald nach São Miguel zum Studieren gehen und das tun, was ich nicht durfte.« »Darf ich mich im Haus kurz umsehen?« »Aber fassen Sie nichts an. Ich mag es nicht, wenn Fremde meine Sachen berühren!«

Baptista war froh, dass er dem unangenehmen Gespräch entfliehen konnte. Als er das Wohnzimmer hinter sich hatte, hörte er wieder dieses Wispern, dass er schon von seinem Hotelzimmer her kannte. Er ging sehr langsam, damit sein Kopfschmerz auszuhalten war. Im Schlafzimmer sah er, dass die Kleider von Amaral zu einem großen Berg aufgetürmt waren. Sie hat keine lange Trauerphase gehabt, dachte Baptista. Zu kurz. Niemand hatte Francisco am Abend seines Todes gesehen. Sie hätte ihn hier töten können und irgendwo ins Wasser werfen. Er würde ihr zutrauen, soviel Hass zu empfinden. Die Kinderzimmer wirkten aufgeräumt. Er dachte, dass er auch gerne Kinder gehabt hätte. Warum hatten Menschen wie Francisco Kinder und er nicht? Ihm wurde schwindelig. Er stützte sich auf. Dann ging er wieder zu den beiden anderen. Als er sich dem Zimmer näherte, hörten sie schlagartig auf zu sprechen. »Ich muss Sie leider bitten, sich für weitere Fragen bereitzuhalten.« »Wenn Sie dafür das Unkraut jäten ...« Baptista war versucht zu lachen, doch dann verstand er, dass Maria den Satz ernst meinte. Sie gab ihm zum Abschied nicht die Hand.

Donnerstagmittag, 13. Juni

Es war noch früher Mittag, als sie Marias Haus verließen. Fiebrig wankte Baptista durch den Garten. Auf dem Weg zum Auto stützte er sich mehrmals an einigen Pfosten ab. Etwas Eigenartiges kam ihm ins Gesichtsfeld, aber er war zu müde, um darüber nachzudenken. Es passte nicht mehr in seinen wummernden Kopf. Er bat, in die Pension zu fahren und erst am Nachmittag mit der Untersuchung fortzufahren. Kaum angekommen, musste er sich vor Schmerz übergeben. Dann trank er Leitungswasser und sank in einen kurzen komaähnlichen Schlaf. Als er aufwachte, hatte er hohes Fieber, jedenfalls fühlte sich sein Körper so an. Dennoch ging es ihm besser als zuvor. Seine Kopfschmerzen hatten nachgelassen. Langsam setzte er sich auf. Er musste einige Stunden geschlafen haben. Aber für eine kurze Befragung war noch Zeit. Er zog sich erneut um. Dann ging er nach unten und rief bei Delgado an. Dessen Frau war am Telefon und sagte ihm, dass Delgado in der Bar Di Caldeirão zu finden sei. Ohne einen genauen Plan, wo das sein könnte, lief Baptista Richtung Zentrum los.

Die kleine Stadt hatte eine intensive Wirkung auf jeden Betrachter. Man konnte jedem Winkel seine Besonderheit ansehen. Nur dreihundert Menschen auf kleinstem Raum. Eine geschlossene Gemeinschaft. Kaum Infrastruktur, ein Arzt, der gelegentlich vorbeikam. Alle versuchten gemeinsam der Natur zu trotzen. Waren nicht alle irgendwie gleich? Jeder hatte Fischer in seiner Familie und Bauern. Es gab hier keine Programmierer oder Finanzmakler. Warum auch? Für wen sollte man denn eine Villa mit Pool haben? Mit einem Auto konnte man vielleicht zwanzig Minuten fahren. Niemand braucht dafür eine Luxuskarosse. Auch die Fassaden der Häuser. Für wen machte man sie schön? Für die eigene Verwandtschaft? Es war einfach zu klein für große Unterschiede. Baptista lief einige Straßen in Richtung des ansteigenden Teils der Stadt. Als er an einem der kleinen Häuser vorüberging, hörte er Stimmengewirr und Musik. Er ging einige Schritte zurück. Dann erkannte er, dass hier die besagte Bar sein musste. Er trat ein. Die Stimmen verstummten. »Baptista, hier bin ich. Setzen Sie sich, bis ich mein Bier ausgetrunken habe.« Baptista konnte in der Dunkelheit nicht sofort sehen. So stieß er schmerzhaft gegen eine Tischkante, als er in Richtung von Delgados Stimme ging. Allmählich begannen die Gestalten um ihn herum wieder zu sprechen. »Geht es Ihnen besser?«, fragte Delgado. »Geht so. Ich brauche gleich morgen den Arzt.« »Wie sollen wir weiter machen?« »Wir sollten die Geschwister besuchen.« »Gut. Marias Schwestern wohnen hier in der Straße.« Delgado trank sein Bier aus, warf ein Geldstück auf den Tisch und nickte den anderen beim Hinausgehen kurz zu.

Sie gingen wenige Schritte. Dann klopfte Delgado und trat ein. »Ich komme gleich«, hörten sie aus dem oberen Stockwerk. Eine sechzehnjährige Schwarzhaarige lief mit gekonntem Hüftschwung die Treppe hinunter. »Ach du bist's, Magdalena. Ist deine Mutter da?« »Sie ist bei Lorenzía. Geht doch einfach rüber. Was gibt's denn?« »Baptista. Sehr erfreut. Ich bin der Comissário. Einige Fragen müsste ich Ihrer Mutter stellen.« »Wir gehen gleich rüber«, meinte Delgado etwas abrupt. »Dann können wir ihre Schwester gleich mitbefragen.« Baptista fühlte sich etwas übertölpelt. Familienangehörige gemeinsam zu befragen, hatte sich in seiner Arbeit als ungünstig erwiesen.

Zumeist gibt es klare Hierarchien und der eine plappert dem anderen nur nach. Er fühlte sich aber auch zu schwach, um zu protestieren. Als sie rausgingen, bemerkte er nicht, dass Magdalena schnell zum Telefon lief.

Zwei Häuser weiter war schon das Haus von Sophia. Wie üblich ein kurzes Klopfen, bevor sie in das nicht abgeschlossene Haus eintraten. »Sophia? Lorenzía?« »Wir sind im Garten!«, rief es. Sie gingen in den Garten, wo die beiden Frauen bei einem *Erva do Calhau*, einer wunderbaren Süßspeise, saßen. »Darf ich vorstellen, Senhor Baptista vom Kontinent.« »Meine Damen, entschuldigen Sie die Störung, aber im Zusammenhang mit Franciscos Tod habe ich einige Fragen zu stellen.« »Selbstverständlich«, lächelte ihn Sophia an. Sie war vielleicht vierzig Jahre alt, sah aber aus wie ein pummeliges, rundes Mädchen. Ihre Wangen waren rosa gefärbt und sie strahlte eine unverbesserliche gute Stimmung aus. Lorenzía wirkte wie das Gegenstück. Dunkle Augenringe dominierten ihr Gesicht. Es war hager und hatte durch ihre Frisur und ihre helle Haut etwas Düsteres. »Fragen Sie.« »Hatte Francisco irgendwelche Feinde, von denen Sie beide wissen oder vielleicht andere offene Streitigkeiten?« Die beiden Schwestern schauten sich an. Man konnte förmlich sehen, wie zwischen ihren Augen die Gedankengänge hin und her strömten. Schließlich antwortete Lorenzía mit ihrer dunklen Stimme: »Francisco war unser Schwager. Es ist schwer, über seinen Schwager zu sprechen. Aber vielleicht kann man schon sagen, dass er nicht der Beliebteste auf der Insel war. Sein Vater hatte eine harte Hand. Und er glaubte, dass Schläge einen Mann härter machen würden. Pão und Francisco hatten beide ihre Art damit umzugehen. Während Pão sich in sein eigensinniges Dasein zurückzog, gab Francisco seine Wut immer an die anderen weiter.«

41

»Aber er hatte auch seine lieben Seiten«, warf Sophia ein. »Er beschützte mich gelegentlich vor Horazio und dessen Bande.« »Du bist immer so nachsehend. Erinnerst du dich noch, wie er Pão verprügelt hat? Wir dachten, er sei tot. Wie auch immer. Weil jeder so seine Erfahrung mit Francisco gemacht hat, gab es eine Reihe von Feinden.« »Meine Schwester hat ihm nicht gut getan«, warf Sophia ein. »Diese Ziege. Sie wollte immer nur, dass er arbeitet. Nie hat sie ihm eine Pause gegönnt. Und selbst war sie immer mit Kleinigkeiten beschäftigt.« Baptista versuchte verzweifelt die Namen und Erzählungen zu notieren. Seine Hand war durch das Fieber aber noch langsamer als sonst. Schließlich gab er auf. »Gab es denn jemand Besonderen unter diesen Menschen? Jemand, dem sie einen Mord zutrauen würden?« Wieder sahen sich die Schwestern an. Baptista sah es kurz in Lorenzías Augen aufblitzen. Da wusste er, dass sie einen Verdacht hatten. »Nein«, sagte Lorenzía. »Nicht, dass wir wüssten.« Sophia nickte zustimmend und aß den Rest des Desserts.

Lorenzía entschuldigte sich kurz und ging ins Haus. Von der anderen Gartenseite rief ein Bekannter Delgado etwas zu. Er ging zu ihm und so war Baptista kurz mit Sophia allein. Sie lächelte verschämt. Dann wisperte sie kichernd und leise: »Der alte Bastelio hat ihm letzten Monat gedroht. Wegen des neuen Grundstücks. Aber sagen Sie bloß nicht, dass Sie es von mir haben.« Als Lorenzía wieder in den Garten kam, lachte Sophie übertrieben. In ihren Augen war aber eine kleine Träne zu sehen. Das war die erste Person, die um Francisco zu trauern schien. »Vielen Dank für Ihre Zeit«, verabschiedete sich Baptista. »Möglicherweise muss ich Sie in den kommenden Tagen noch einmal stören.« Delgado nickte seinem Bekannten kurz zu und ging mit Baptista zum Auto. »Meine Frau hat heute eine *Barca* für Sie gemacht. Sie werden begeistert sein. Das päppelt Sie auf.« Baptista wurde schon bei dem Gedanken an Essen übel. Dennoch wagte er nicht abzulehnen.

Als sie in Delgados Haus eintraten, war Baptista erneut von dessen Frau fasziniert. Sie strahlte eine große Autorität und Ruhe aus. Dabei wirkte sie aber nicht abschreckend und herrisch, sondern würdevoll und erotisch. Eine winzige Handbewegung genügte ihr, um zu demonstrieren, wo man zu sitzen hatte. Oder ihrem Gatten den Unmut über die zu laute Musik zu zeigen.

Baptista war nicht verheiratet, eine echte Seltenheit unter den Kollegen aus dem Kommissariat. Nicht, dass er keine Gelegenheit gehabt hätte. Doch sobald die Abenteuer etwas seriöser wurden, gab er seinem Beruf stets den Vorrang. Selbst würde er das nicht so formulieren. Er konnte sich einfach den traumatischen Erlebnissen nicht entziehen, die ihn im Kommissariat umgaben. Der Fall eines strangulierten Jungen ergriff ihn beispielsweise eines Tages so sehr, dass er einen geplanten Kurzurlaub nach Paris nicht antreten wollte und verfallen ließ. Solche Ereignisse führten früher oder später – meistens früher – zum Bruch der aufkeimenden Beziehung. Umso mehr genoss es Baptista, nun einer hübschen Frau gegenüberzusitzen.

Delgado verhielt sich auffällig ruhig. Er sprach nicht über die Ermittlungen. Stattdessen brummte er gelegentlich ein zufriedenes Geräusch. Gegen neun Uhr klingelte es an der Tür. Der Bruder von Delgados Frau erzählte aufgeregt, dass der Strom in seinem Haus ausgefallen sei und er dringend das handwerkliche Geschick von Delgado bräuchte. Der ließ sich so geschmeichelt auch nicht lange bitten und ging mit seinem Schwager los. »Aber Sie bleiben doch noch zum Nachtisch!«, meinte Delgados Frau.

Baptista war sich nicht sicher, wie unschuldig das klang. Für ihn war es trotz oder gar wegen des Fiebers eine höchst prickelnde Vorstellung.

Senhora Delgado servierte eine köstliche Süßigkeit. »Wie lange werden Sie denn hier bleiben?«, erkundigte sie sich. »Wenn ich solche Köstlichkeiten vor mir habe, möchte ich nicht so schnell von hier fort.« Baptista meinte eigentlich das Dessert, wurde sich aber bewusst, dass er höchst doppeldeutig sprach. Er errötete. »Das Fieber treibt Ihnen die Hitze ins Gesicht«, meinte Senhora Delgado. »Sie gehören ins Bett und sollten sich pflegen lassen.« »Nichts wäre mir angenehmer. Aber dafür bin ich nicht die vielen Stunden aus Berlin nach Corvo geflogen.« »Leben Sie gerne in der Großstadt?« »Es hat sich so ergeben. Früher war es mir wichtig, heute hätte ich gerne mehr Ruhe. Aber meine Freunde leben in der Umgebung von Berlin oder Brüssel. Ich würde mich auf dem Land alleine fühlen.« »Sie würden dort neue Bekanntschaften schließen, glauben Sie mir.«

Senhora Delgado rückte den Stuhl etwas näher und zündete einen Kerzenleuchter an. Die Dunkelheit senkte Baptista nun endgültig in ein Fieber-Delirium. Das Essen, der Alkohol, das Ziehen in den Lenden. Mit letzter Energie sprang er auf. »Ich muss dringend ins Bett.« »Ich begleite Sie. In Ihrem Zustand finden Sie den Weg ja nicht.« So liefen die beiden unter Sternen und leuchtender Mondsichel zum Hotel. Unterwegs wurde es Baptista dermaßen schwindelig, dass er sich auf eine kleine Mauer setzen musste. Als sie ihn hinauf in sein Zimmer gebracht hatte, legte er sich aufs Bett und schlief sofort ein. Senhora Delgado zögerte kurz, dann zog sie ihn aus. Sie war zufrieden mit dem, was sie sah. Lächelnd machte sie sich auf den Heimweg.

Freitag, 14. Juni

Am nächsten Morgen wachte Jao auf und wusste nicht mehr, wie er in sein Bett gekommen war. Er überlegte kurz, aber es blieb dunkel in seinem Gedächtnis. Jedenfalls hatte er einen Schlafanzug an. Hatte er sich alleine ausgezogen? Ihm wurde ganz heiß und kalt bei der Vorstellung, dass es Maria getan haben könnte. Seine Kopfschmerzen waren kaum noch zu spüren. Er war noch immer fiebrig, schien sich aber zu erholen. Erst als er aufstand und versuchte Luft zu holen, merkte er die Lungenentzündung: Ein tonnenschwerer Felsbrocken schien auf seinem Brustkorb zu liegen. Er konnte nur ganz flach hecheln. Als er sich die Zähne putzen wollte, hatte er das Gefühl zu ersticken. Diesen Tag würde er nur ohne Aufregung überstehen. Jeder Atemzug verursachte ein heftiges Brennen. Er machte alles ganz langsam, um keine intensiven Atemzüge zu provozieren. Aber der Arzt kommt heute, dachte er. Senhora Lancha wartete schon mit dem Frühstück auf ihn. »Heute gibt es ein Unwetter. Machen Sie sich auf etwas gefasst.« Baptista sah durch die Fensterscheiben einen blauen Himmel. »So schlimm kann es schon nicht werden.« Nach einer Viertelstunde traf Delgado ein. Baptista konnte nicht erkennen, ob er mit dem Verhalten seiner Frau einverstanden war, ob er überhaupt etwas davon wusste.

»Gut, dass ich schon los bin. Gleich bricht es herunter.« Baptista schaute noch immer ungläubig. Dann wurde es dunkel. Senhora Lancha machte Licht an. Ein starker Regen prasselte schlagartig auf die trockene Straße. Man konnte nichts mehr sehen und sich nur lautstark unterhalten. Blitze zuckten am Himmel. »Der Arzt wird dann

heute wohl ausfallen«, meinte Senhora Lancha. Baptista gab innerlich auf. Er wollte weinen. Wie sollte er das aushalten? Senhora Lancha schien das alles nicht weiter zu beeindrucken. Mit beiläufiger Stimme sagte sie: »Dabei hätte ich ihn wegen meines Ischias doch so dringend gebraucht. Aber nächste Woche wird er sicher kommen.«
»Haben Sie irgendwelche Schmerzmittel?«, fragte Baptista verzweifelt. »Bei Amarals gibt es sicher etwas«, sagte Delgado.

Baptista ging nach oben, um eine Jacke zu holen. Als er die Tür hinter sich schloss, hörte er wieder, wie sich Senhora Lancha und Delgado wispernd unterhielten. Alle wissen etwas, dass ich nicht weiß, dachte er. Er drückte sein Ohr an die Tür, wie in der Schule, als er ein Mädchen belauschen wollte. Aber er verstand nichts. Baptista nahm die Jacke und ging wieder hinunter. Als er die Tür öffnete, konnte er doch etwas aufschnappen: »... das Auge des Raben ist ein Unglück für ... ruhig. Er kommt.« »Es hat aufgehört zu regnen, Baptista. Wir können zu Pão fahren. Der Sturm richtet keinen Schaden an.« Sie gingen zu Delgados Auto. Baptista war sehr froh, als er saß. Sie fuhren aus Vila Nova raus in Richtung Vulkan. Auf der einzigen Landstraße der Insel gab es eine Vielzahl von Schildern für Touristen.

»Bei besserem Wetter kann man auch zu Fuß hier hoch. Jedenfalls machen dass einige Touristen.« Sie fuhren noch einige hundert Meter die Serpentinen nach oben als Delgado an einer scharfen Kurve unvermittelt auf einen Parkplatz fuhr und ausstieg. »Das ist der Miradouro do Sitio do Portao. Von hier hat man einen hervorragenden Ausblick. Das dort ist Vila Nova und die Hafenbucht. Herrlich, nicht wahr?« Baptista war überwältigt von dem fantastischen Ausblick, der sich trotz des schlechten Wetters bot. Vila Nova und der Hafen erweckten den Eindruck, vom Meer an Land gespült worden zu sein und am Vulkan nur vorläufig zu haften. Es schien, als könnte die nächste Welle alles wieder mit in die Tiefe reißen. Die beiden standen verzückt auf dem Parkplatz und schauten in das Tal. »Kommen Sie, wir sollten weiter. Pão mag es nicht, wenn man zur Mittagszeit kommt.«

Baptista vermied es zu sprechen, weil jedes Atmen ihm große Schmerzen bereitete. So stieg er einfach wortlos in das Auto. Dann fuhren sie wieder rund zehn Minuten. Baptista schloss die Augen, um sich auf das ruhige Ein- und Ausatmen zu konzentrieren. So sah er den überwältigenden Blick in den Vulkankrater nicht. Schließlich hielt Delgado am Südwest-Zipfel der Insel an. »Das letzte Stück gehen wir besser zu Fuß. Mein Wagen ist schon einmal in den ausgewaschenen Furchen des Weges stecken geblieben«, sagte Delgado. »Was sind das für schwarze Dinger dort?« »Windmühlen. Sie sind aus schwarzem Basalt gemacht. Und die dreieckigen Segel betreiben im Inneren die Mühle. Die Kuppel ist besonders raffiniert gelagert und dreht sich im Wind.« »Werden die Mühlen noch benutzt?« »Aber sicher. Der verrückte Pão hat sich einen Anbau an eine der Mühlen gemacht und lebt dort wie ein Einsiedler. Kommen Sie, da vorne ist der Eingang.« »Gehen Sie schon voraus. Ich mache langsam.«

Um nur ganz langsam und flach zu atmen, bewegte sich Baptista auch nur sehr langsam. Er konnte sein Gleichgewicht kaum noch halten und hatte das Gefühl, bald keine Luft mehr zu bekommen. Warum muss ich auf dieser verdammten Insel sterben, dachte er. Warum nicht in einer Pizzeria in Neapel während eines Rendezvous' von der Mafia dahingerafft werden? Warum hier, auf schwarzem Basalt? Dann wurde es schwarz vor seinen

Augen. Er spürte nicht, wie ihn Pão Amaral und Senhor Delgado vom Boden aufhoben und in das Haus von Pão trugen.

Er wachte erst auf, als Pão eine Schürfung an seinem Kopf mit einem Tuch abtupfte und einige stinkende Kräuter darauf legte. Er blickte in ein paar Augen, in denen ein wildes, beinahe wahnsinniges Feuer zu flackern schien. »Ich bin Pão Amaral. Sie liegen hier in meinem Bett, weil Sie eben ohnmächtig wurden. Senhor Delgado ist nach Vila Nova, um Medikamente zu holen. Machen Sie sich keine Sorgen und bleiben Sie ruhig liegen.« Baptista wollte etwas sagen, aber durch seine Lungen ging nur ein Pfeifen. Deswegen nickte er bloß leicht. Er lag in einem geräumigen Zimmer, in dem auch die Küche untergebracht war. Daher sah er Pão, als dieser sich in der Küche zu schaffen machte. Pão war etwas über 40 Jahre und ein sehr hagerer, dürrer Mensch. Seine einfache Leinenkleidung baumelte an seinen Knochen wie an einem Wäscheständer. Das Gesicht schien keine Falten zu haben, was ihm ein seltsam entrücktes Aussehen gab.

In seinem fiebrigen Delirium fühlte sich Baptista bedroht. Mal schien im schwarzen Basalt der Kopf des toten Francisco eingemeißelt. Dann heulte der Wind von draußen lautes Wehklagen herein. Von Panik wurde er schließlich ergriffen, als Pão ein riesiges Messer aus dem Holzblock nahm. Schreien konnte Baptista dennoch nicht. Seine Stimme versagte ihren Dienst. Pão legte einige getrocknete Kräuter und andere merkwürdige Dinge auf den großen alten Holztisch in der Mitte des Raums und zerkleinerte alles sorgfältig. Anschließend zerstieß er mit einem Mörser alles zu einem gräulichen Pulver. Er kochte Wasser auf und rührte das Pulver hinein. Diesen Sud bot er dann Baptista an. Angeekelt vom Geruch drehte der sich weg. Schließlich überwand er sich jedoch und trank den übelriechenden Tee, der – einmal im Rachen – jedoch ein großes Wohlgefühl verbreitete. Schnell dämmerte er weg.

Baptista wachte vom Gewisper zweier Stimmen auf. Delgado und Pão Amaral unterhielten sich leise. Er versuchte zu verstehen, was sie sagten, aber er war zu schwach. Dennoch konnte er erkennen, dass die Gesichter etwas Düsteres an sich hatten. Er hörte mehrfach den Namen von Francisco. Wieder sank er unter die Oberfläche des Bewusstseins.

Samstag, 15. Juni

Am nächsten Morgen wachte Baptista auf. Er war alleine. Vorsichtig bewegte er seinen Kopf. Keine Schmerzen. Er atmete etwas tiefer. Keine Schmerzen. Er fühlte sich beinahe frisch. Als er langsam aufstand, konnte er sich kaum auf den Beinen halten, war aber klar im Kopf. Baptista goss sich heißes Wasser auf und legte einige Pfefferminzblätter hinein. Es muss das Gebräu gewesen sein, dachte er bei sich. Er genoss die ruhigen Minuten. Dann zog er sich an und ging nach draußen. Es war bewölkt und ein starker Wind brachte die Windmühlen zum Drehen. Er blickte sich um. Amaral war nicht zu sehen. Baptista fühlte sich zu schwach, um nach ihm zu suchen. Darum ging er wieder in das Haus, setzte sich an den Tisch und versuchte, seinen klaren Kopf für eine Rekapitulation der Ermittlungen zu nutzen.

Was hatte er bis jetzt erfahren? Substanziell nichts. Und genau dieses Gefühl wurde immer stärker. Nichts zu erfahren. War es eine Paranoia oder gab es etwas zu verbergen? Er erinnerte sich an die vielen Gespräche, die stoppten, sobald er in Sichtweite kam. Oder an die Stimmen unter seinem Fenster. Francisco Amaral hatte ein Geheimnis. Vielleicht hatte man ihn deswegen getötet. Offenbar war Francisco kein beliebter Mensch in dieser kleinen Gemeinde. Nun gut, töten musste man ihn dafür nicht. Oder doch? Hatte seine Frau Rache geübt? Baptista nahm einige Küchenutensilien und legte sie auf den Tisch. Er schob sie hin und her, wie er seine Gedanken bewegte. Was ihm fehlte, war eine Idee. Alles waren nur Spinnenfäden. Aber wer war die Spinne?

Baptista war unzufrieden. So unzufrieden, dass er eine kleine Flasche mit Olivenöl umwarf. »So ein Mist!«, rief er in den Raum. Schnell stand er auf, um ein Tuch zu holen. Er riss die Schubladen auf, weil er nichts Passendes fand und das Öl schon zu tropfen begann. Endlich fand er einen Lappen und lief zum Tisch. Aber schon als er den Lappen aufnahm, kribbelte seine linke Hand. Sie dachte oft schneller als sein Gehirn, konnte die Gedanken vordenken, für die er manchmal noch Tage brauchen würde. Er blickte das Tuch an und sah das getrocknete Blut – dafür hielt er es jedenfalls. Es umwickelte einen Basaltklumpen, der ebenfalls von Blut benetzt schien. Beinahe hätte er das Olivenöl damit aufgewischt.

Während er das Tuch anblickte und vor dem Tisch stand, hörte er die Tür knarren. Pão stand im Türrahmen. Der Wind blies ihm die Haare ins Gesicht. Eine dunkle Wolke ließ seine hagere Gestalt in einem düsteren Licht erscheinen. Baptista steckte das Tuch schnell in seine Hosentasche. »Was machen Sie da?«, schnauzte ihn Pão an. »Stöbern Sie in meiner Wohnung herum?« Baptista wurde rot. Er fühlte sich ertappt. »Mir ist das Öl umgefallen.« »Und warum stehen Sie dann ohne Lappen herum?« »Ich konnte ihn nicht finden.« Es war offensichtlich, dass Pão ihm nicht glaubte. Dennoch schloss er zunächst unwillig die Tür hinter sich und kümmerte sich um einen Lappen.

»Es tut mir leid«, wollte sich Baptista entschuldigen. »Was?«, schrie ihn Pão an. »Was tut Ihnen leid?« In seinen Augen flammte ein abgrundtiefer Hass auf. Baptista verstand nicht, was geschehen war. Aber er fühlte, dass die Situation außer Kontrolle geraten könnte. »Das Olivenöl. Ich habe Ihren Tisch versaut. Dabei haben Sie mich doch wieder auf die Beine gebracht. Danke.« Das Flackern in Pãos Augen verschwand schlagartig. »Setzen wir uns. Ich erzähle Ihnen von meinem Bruder. Deswegen sind Sie doch gekommen.« Baptista setzte sich an den großen

Tisch. Pão Amaral hatte zuvor das Olivenöl sorgfältig aufgewischt. »Passen Sie auf Ihre Lunge auf. Sie müssen sich mehr bewegen, sonst kommt Ihre Atmung nicht in Gang. Ihre Lunge ist voller alter Luft«, meinte Pão. »Ich habe früher viel Sport gemacht«, sagte Baptista. »Als Comissário sitze ich zu viel am Schreibtisch. Sie haben völlig recht.« Pão ruckte unruhig auf seinem Stuhl, wie ein festgebundenes Tier. »Hören Sie, Francisco war mein Bruder, aber wir haben uns nie gut verstanden. Überhaupt meine Familie. Wenn ich die Insel nicht so lieben würde, wäre ich ausgewandert. So bin ich eben an den äußersten Zipfel der Insel gezogen. Francisco war alles in allem ein Schwein. Er hat seine Frau vergewaltigt und mich mit Eisenstangen verprügelt. Wenn ich gewusst hätte, wer ihn umbringen wollte, hätte ich ihm geholfen.« »Wie lange wohnen Sie schon hier draußen?« »Ich zähle die Jahre nicht so genau. Dazu ähneln sie sich zu sehr. Seit mein Bruder geheiratet hat, bin ich weg von zu Hause.« »Womit verdienen Sie Ihren Lebensunterhalt, wenn ich fragen darf?«

Und plötzlich sah Baptista wieder die Wut in Pãos Augen. »Geht es hier um mich? Ich hätte ihn gerne umgebracht, an meiner Windmühle gekreuzigt. Aber ich war es nicht. Schluss jetzt. Verschwinden Sie.« Baptista spürte, dass die Wut nicht gegen ihn gerichtet war, aber das Pão seine Gefühle einfach nicht kontrollieren konnte. Daher entschied er sich zu gehen, um keine weiteren Wutausbrüche zu provozieren. Er lief den Hügel zur Straße wieder nach oben. Noch von Weitem fühlte er Pãos brennenden Blick in seinem Rücken und hörte das Ächzen der Windmühlen. Was für ein schrecklicher Ort, dachte er. Wie kann man hier leben? Er nahm sich vor herauszufinden, was Pão so verbitterte. Vielleicht hatte er seinen Bruder im Wahn erschlagen?

Baptista lief die Straße gemächlich in Richtung Vila Nova bergab. Nun sah er endlich auch den Vulkankrater. Die Wolken hingen tief über dem rund drei Kilometer durchmessenden Krater. Er fiel einige hundert Meter steil nach unten ab. Unten war es grün. Zwei Seen spiegelten die Wolkenfetzen. Kühe grasten friedlich. Als würde die Welt dort unten eine andere sein. Aber er war hier oben. Sein Blick reichte bis zum Horizont und er konnte die Nachbarinsel Flores trotz der Wolken gut erkennen. Nach einem kurzen Spaziergang hatte er die Bushaltestelle erreicht. Ein Bus kam und spie einige kamerabewaffnete Touristen aus. Baptista stieg als einziger ein und fuhr zurück. Er war froh, wieder in der Pension anzukommen. Senhora Lancha begrüßte ihn überschwänglich. »Geht es Ihnen wieder besser?« »Danke der Nachfrage.« Er schleppte sich die Treppe hoch und war erschöpft von der Anstrengung. Als er sich auf das Bett fallen ließ, drückte ihn das Tuch mit dem Stein. Er hatte es vergessen. Nachdenklich legte er es auf den Tisch. Wem konnte er hier vertrauen? Würde Delgado eine korrekte Analyse machen? Geplagt von Zweifeln schlief er ein. Als er aufwachte, sah er einen Brief auf dem Boden. Jemand musste ihn unter der Tür durchgeschoben haben, während er schlief.

Der Brief war von außen unscheinbar und trug keinen Absender. Baptista öffnete den Umschlag. Es handelte sich unverkennbar um eine Frauenhandschrift. Das Papier war nur mit wenigen Zeilen gefüllt: »Einer wird Ihnen helfen: Fragen Sie nach Luìs da Silva. Corvo ist nur die Spitze eines Vulkans. Von außen schweigt er. In seinem Inneren brodelt es.« Baptista schaute verwundert auf die Rückseite des Papiers und in den Umschlag. Aber es gab keinen Hinweis auf die Verfasserin. Luìs da Silva hatte er auf dem Flug nach São Miguel neben sich sitzen gehabt.

Wie eigenartig, dass er in dem Fall wieder auftauchte. Er hatte doch erzählt, dass er auf Flores wohnt. Welche Verbindung hatte er nach Corvo? Wie konnte er ihn wohl erreichen?

Baptista hatte Hunger. Die Mittagszeit über hatte er im Bett gelegen, immer noch war er fasziniert von dem Heilungswunder des Pão Amaral. Er zog sich an und traf auf Senhora Lancha, die eine kräftige Suppe für ihn bereithielt. »Sie müssen sich stärken. Greifen Sie zu.« »Das ist sehr freundlich.« Lancha servierte die Suppe. »Hatten Sie keine Angst, eine Nacht bei Pão zu verbringen?« »Oh, ich habe nur wenig davon mitbekommen. Er hat mir allerdings einen Wundertrank eingeflößt. Seit heute Morgen fühle ich mich fast gesund.« »Ha, unser Wunderheiler. Hoffentlich hat er Sie nicht vergiftet.« »Warum hat er sich eigentlich so abgesondert?« »Ach, die Amarals sind eine eigenartige Familie. Ich gehöre zu den Delgados. Wir stellen den Bürgermeister und die wichtigen Positionen in der Verwaltung. Und das ist nicht ohne Grund so. Bildung und Disziplin sind bei uns immer hoch im Kurs gewesen. Sie haben doch einige der Amarals besucht. Alles komische Käuze.« »Wenn Sie an meiner Stelle wären, Senhora Lancha, wen würden Sie denn in eine engere Befragung einbeziehen?«

Die Senhora wog den Kopf hin und her. »Francisco hatte Schulden. Nicht bei der Bank. Sondern privat, bei den Ernestãos. Vielleicht hilft Ihnen das weiter.« »Ach, und noch etwas: War jemand hier im Hotel, während ich schlief?« »Nicht, dass ich wüsste. Ich habe allerdings Wäsche aufgehängt. Da sieht man nicht immer, wer durch die Türe geht.« »Die Suppe war übrigens ganz wunderbar. Ich bin schon ganz gesund.« Wie abgepasst kam Delgado herein. »Das freut mich aber, dass Sie wieder auf den

Beinen sind. Ich habe einen gewaltigen Schreck bekommen, als sie plötzlich auf dem Boden lagen. Gestern Abend habe ich noch mit dem Arzt telefoniert. Er kommt herüber, sobald das Wetter es zulässt. Er würde aus der Ferne auf eine verschleppte Lungenentzündung tippen. Damit sei nicht zu spaßen. Schonkost und viel Ruhe.«

Baptista ignorierte die Aussage. Er hatte sich entschlossen, ohne Arzt durchzuhalten. »Dann haben wir ja genügend Zeit für einige Ermittlungen«, sagte er. »Zwei Personen stehen auf meinem Programm. Da wäre einmal der Polizist hier vor Ort. Er ist doch ein guter Freund von Francisco gewesen. Und dann möchte ich mit dem alten Bastelio reden. Unterwegs können wir ja auch bei den Ernestãos vorbei sehen« »Ob das Ihrer Gesundheit wirklich förderlich ist, wage ich zu bezweifeln.« »Zu guter Letzt: Ich möchte dieses Stück Gestein von einem Labor prüfen lassen. Wie kann man das schnell regeln?« Sowohl Senhora Lancha als auch Delgado zuckten sichtlich zusammen, als Baptista das Stück Basalt auf den Tisch legte. »Woher haben Sie das?« »Es könnte Blut darauf sein. Vielleicht Franciscos Blut. Wo kann man es untersuchen lassen?« Aus Baptistas Sicht überlegte Delgado etwas zu lange. »Wir sollten es nach Flores bringen. Auf Corvo hat nur Bastio Ernestão ein Hobbylabor.« »Flores kann lange dauern. Versuchen wir doch, die Hälfte des Steins von Senhor Ernestão analysieren zu lassen.«

Das betretene Schweigen nutzte Baptista, um aufzuspringen. »Lassen Sie uns gehen.« Sie stiegen in den Seat und fuhren los. Nach den üblichen wenigen Minuten Fahrtzeit hielten sie vor einem quaderförmigen roten Haus. »Hier ist das Haus von Bastio Ernestão.« »Gut.« Sie gingen zur Tür und klopften. Baptista wurde mit den Sitten etwas vertrauter und schritt nun selbst in das Haus.

»Senhor Ernestão?« »Wer ist denn da?«, rief eine Stimme. »Ich bin unten.« Sie stiegen eine enge Holztreppe nach unten. Dann hörten sie eine kleine Explosion und einen Fluch. »Wieder zu viel Zink. Irgendwann fliegt mir alles um die Ohren.« Aus einer schwarzen Wolke hustete ihnen Ernestão entgegen. »So, hier bin ich schon. Bom dia, Senhores.« Er nickte Delgado zu und wandte sich dann an Baptista. »Sie müssen der Comissário vom Festland sein. Sehr erfreut. Lassen Sie uns besser nach oben gehen. Hier unten ist es zu stickig.« Die drei stiegen wieder nach oben.

Ernestão hatte einfache Cordhosen und ein kariertes Hemd an. Das Wetter hatte seine Haut gegerbt. Aber sein Gesicht strahlte vor Lebensfreude. Um Mund und Augen hatten sich viele Lachfältchen gebildet und aus den Augen strahlte den Besuchern eine schelmische Fröhlichkeit entgegen. »Senhor Ernestão«, begann Baptista ohne große Vorrede. »Mir wurde angetragen, dass Sie etwas von modernen Analyseverfahren verstehen. Ich habe hier ein Stück Stein gefunden, dass etwas mit dem Mord zu tun haben könnte. Sehen Sie sich in der Lage, mir schnellstmöglich eine Analyse des Steins zu machen?« Baptista legte das Stück auf die Tischmitte. Er beobachtete genau, wie Ernestão reagierte, denn einem Stümper wollte er das Material nicht anvertrauen. Aber Ernestão enttäuschte ihn nicht. Er legte den Stein auf eine kleine Plastikschale und rückte eine Tischlampe näher. »Es handelt sich nicht um einfachen Basalt. Sehen Sie hier, die glitzernden Einschlüsse. Das sind wertvolle Mineralien, wie sie in Vulkangestein vorkommen. Der rote Stoff könnte Blut sein. In meinem Hobbylabor kann ich lediglich einen Test der Blutgruppe machen. Wenn es etwas Anderes als Blut sein sollte, werde ich wohl keine Hilfe sein.« Baptista war mit dieser Einschätzung sehr zufrieden. Sie klang sorgfältig bedacht. »Gut. Dann komme ich gleich morgen früh vorbei und bin gespannt auf Ihre Ergebnisse.« »Ich schaue, was ich bis dahin für Sie tun kann.«

»Dann gibt es noch etwas Anderes. Francisco Amaral soll bei Ihnen Schulden gehabt haben. Ist das richtig?« Wieder versuchte Baptista, sein Gegenüber nicht aus den Augen zu lassen. Ernestão schaute den Comissário mit seinen braunen Augen jedoch völlig offen an. »Das ist richtig. Ich weiß nicht, was man Ihnen über mich erzählt hat. Aber mein Bruder und ich haben es zu einem gewissen Wohlstand gebracht. Durch etwas Glück sind wir mit unserem Jura-Studium zur richtigen Zeit fertig geworden und haben dadurch einige kleidsame Stellungen für das europäische Hochkommissariat inne gehabt. Die neue politische Führung bedurfte jedoch unserer Fähigkeiten nicht mehr. So kann ich mich nun meiner Leidenschaft widmen, der Chemie. Mir ist Geld nie wichtig gewesen, wie Sie an meinem Haus sehen. Aber wenn andere in Corvo es brauchen, soll es an mir nicht liegen.« »Um wie viel Geld handelte es sich?« »Francisco hat sich insgesamt etwa hunderttausend Euro von mir geliehen.« Delgado schluckte hörbar bei der Summe. »Was wollte er damit machen?« »Das wusste nur er alleine. Mir hat er gesagt, dass er es investieren wolle und mir sicher in ein bis zwei Jahren zurückzahlen könne. Wie schon gesagt, mir liegt an Geld nicht viel und ich habe es ihm gerne gegeben.« Baptista hatte sich diesmal die wichtigsten Dinge notiert. »Senhor Ernestão, Sie haben uns sehr geholfen. Morgen früh komme ich noch einmal wegen der Gesteinsprobe. Até amanhã.«

Im Wagen war Baptista sichtlich zufrieden. Sie fuhren weiter zum Polizisten von Corvo. Er machte sich auf ein schwieriges Gespräch gefasst. Immerhin hatte er dem

Mann seine Arbeit genommen. »Wie heißt der Polizist?«, fragte Baptista. »Horazio Theodore. Er ist schon immer Polizist hier gewesen. Die Azoren hat er meines Wissens noch nie verlassen. Zur Ausbildung verbrachte er einige Zeit auf São Miguel.« Baptista versank kurz in Gedanken an seine eigene Ausbildung. Er reiste durch den Beruf seines Vaters viel mit seinen Eltern umher und war immer von ihnen abhängig. Erst als er studierte, hatte er das Gefühl frei atmen zu können, seine Familie nicht an jeder Ecke zu spüren und nicht jeden schon zu kennen. Und er verliebte sich Hals über Kopf in jede Studentin, die an ihm vorbei lief. Seit er zwischen Berlin und Brüssel pendelte, vermisste er diese Zeit, in der alles möglich schien. Er konnte seiner melancholischen Stimmung nicht weiter nachhängen, denn sie waren bei dem einzigen Polizisten Corvos angekommen.

Delgado ging auf den einfachen Flachbau zu und klopfte. »Wir sind's, Horaz.« »Kommt rein. Ich bin in der Küche.« Sie traten ein und folgten dem wunderbaren Duft in Wein gedünsteter Zwiebeln. »Setzt euch«, begrüßte sie Senhor Theodore. »Bitte nehmt euch doch etwas Wein. Ich muss hier am Herd bleiben, sonst verbrennt mir das Steak.« Eine ungünstige Situation zum Reden, dachte sich Baptista. Aber so war es eben. »Wir wollen nicht lange stören«, begann Baptista. »Aber nein. Sie stören doch nicht. So kann ich wenigstens doch noch etwas zur Lösung des Falls beitragen. Dass der erste Mord in Corvos Geschichte aber auch unter meiner Ägide stattfinden muss. Und auch noch Francisco.« »Sie kannten ihn gut?« »Wer kannte Francisco schon wirklich? Vielleicht kannte er sich selbst auch nicht. Aber wir beide waren dicke Freunde in der Schulzeit und sind es auch später geblieben. Was in seinem Kopf vorging, wusste ich allerdings zumeist nicht.« »Wie würden Sie ihn denn beschreiben?« »Francisco? Jähzornig, ungeschliffen. Und ein unglaublicher Dickkopf. Ich erinnere mich noch gut, wie wir an einem kleinen See angeln waren. Ich fing schnell einen kleinen Fisch, Francisco nicht. Er wurde so wütend, dass er meinen Fisch an Ort und Stelle einfach roh aufaß, damit niemand seine Schmach sehen würde. Na ja, ich erzähle von alten Zeiten.«

»Haben Sie einen Verdacht, wer Francisco getötet haben könnte?« »Einen? Sie haben bestimmt schon zu spüren bekommen, wie unbeliebt sich Francisco durch seine brutale Art gemacht hat.« »Und Sie hat das nie gestört?« »Gelegentlich schon. Aber wenn wir etwas unternommen haben, hat das keine Rolle gespielt.« »Hatte Francisco so etwas wie Hobbies?« »Auf Corvo haben wir keine Zeit für Hobbies. Das ist den reichen Portugiesen vorbehalten. Wir erholen uns von der Arbeit! Francisco und ich beispielsweise, wir sind gerne am Abend zu einer kleinen Grotte gegangen. Dort hatten wir uns vor Jahren einen kleinen Unterschlupf gebaut, damit wir ungestört von unseren Frauen die Sterne ansehen konnten.« »Wo ist denn diese Grotte?« »Senhor Delgado kann Sie dort hinbegleiten. Es ist am do Pico, hinter einem rötlich schimmernden Felsblock.« Delgado hob die Augenbrauen. »Dort habt ihr eine Hütte gebaut, am ...?« »Vor einigen Wochen waren wir zuletzt dort.«

Sonntagmorgen, 16. Juni

Im Wagen schrieb Baptista noch einige Notizen in sein Buch und malte eine Karte, in der er die Zusammenhänge der Personen durch kleine Pfeile und Kreise symbolisierte. Sie verwackelte während der Fahrt. Dennoch war der Comissário außerordentlich zufrieden. Zum ersten Mal seit er auf den Azoren war, hatte er das Gefühl etwas aufzudecken. Er wusste nur noch nicht was. Geld, Hass, Ehre. Keines dieser typischen Motive konnte er einkreisen. Aber er konnte ein wenig von dem Seiltanz erahnen, den Francisco Amaral hier aufgeführt haben musste. Auf einer Insel, auf der ihn alle hassten und kein Raum für Anonymität war. Im Gegenteil, die Einwohner waren stark voreinander abhängig. Die Hölle kann nicht schlimmer sein.

Er fühlte sich an das portugiesische Dorf erinnert, in dem sein Vater aufwuchs. Die erstickende Enge. Aber dafür war er nicht hierher gerufen worden. Er war hier, um den oder die Menschen zu finden, die den Mord begangen hatten. Baptista ärgerte sich oft über solche verfahrenen Situationen. Er kam, wenn es zu spät war. Die Ursachen für den Mord wurden ausgeblendet. Am Ende zählte die Hand, die das Messer führte. Wer es herstellte, verkaufte und den Hass schürte, war nebensächlich.

Sie hielten an einem verwitterten Gatter, hinter dem ein paar Schafe grasten. In einiger Entfernung sahen sie Bastelio, der sich über ein kleines Lamm beugte. »Hey, Bastelio. Wir brauchen dich kurz.« Bastelio drehte sich kurz um. »Schert euch zum Teufel.« Dann sahen sie, dass er aus seiner Tasche ein Messer hervorholte und dem Lamm die Kehle durchschnitt. Er hielt es zwischen seinen

Beinen fest, während es im Todeskampf zuckte. Bastelio wartete, bis es ausgeblutet war und ließ es dann achtlos fallen. Mit blutbeschmierten Händen kam er auf sie zu. Die Szene hätte aus einem Horrorstreifen stammen können. »Was wollt ihr? Francisco ist tot. Niemand wird ihn wieder zurückholen. Und niemand weint ihm eine Träne nach.« Bastelio lehnte sich betont lässig an das Gatter. Von seinen Händen tropfte Blut. »Mein fauler Sohn hat keine Lust, sich um die Drecksarbeit zu kümmern. Das Lamm war krank.« Baptista überwandt nun endlich seine Starre.

»Am Hafen hatten Sie gesagt, Pão Amaral hätte seinen Bruder getötet. Warum?« »Haben Sie ihn besucht?«, fragte Bastelio. Baptista nickte. »Dann wissen Sie, dass ihm der Wahnsinn in die Augen geschrieben ist. Francisco hatte ihn oft verprügelt. Wird schon seine Gründe gehabt haben. Das hat noch keinem geschadet. Aber Pão war ein Weichling. Er ist jedes Mal zu seiner Mutter gerannt. Irgendwann hat ihn einfach der Wahnsinn gepackt. Dann ist er zu den schwarzen Mühlen. Man sagt, er vergeht sich dort an den kleinen Mädchen, die er in die Finger bekommt. Schwein.« »Wann haben Sie Francisco zum letzten Mal lebend gesehen?« »Zwei Tage, bevor man seine Leiche fand. Er war sturzbetrunken und lief grölend in den Gassen herum. Aber er konnte nicht nach Hause. Seine Frau hatte die Tür abgeschlossen. Am nächsten Morgen lag er in seiner eigenen Kotze vor der Tür. Hat man das als Mann verdient? Und jetzt kommen Sie, der Herr Comissário, aus Ihrem weichen Ledersessel und wollen uns sagen, wie wir hier leben sollen? Verschwinden Sie von hier, bevor Sie hier nicht mehr wegkönnen.« Bastelio spuckte aus und drehte sich um. Dann ging er wieder zu dem toten Lamm.

»Nehmen Sie's ihm nicht übel. Das Leben hat ihm böse mitgespielt. Seine Frau und seine Tochter sind letztes Jahr in seinem Haus verbrannt, weil er an der Gasleitung herumgeflickt hatte. Jetzt hat er nur noch seinen debilen Sohn.« Baptista nickte. Er war froh, dass das Gespräch vorbei war. »Ich brauche eine Pause. Könnten Sie mich zu Senhora Lancha bringen?« »Hm, sie sagte, dass heute Mittag kleinere Renovierungsarbeiten anstehen. Kommen Sie doch zu mir. Ich habe heute Nachmittag noch einiges mit dem Bürgermeister zu besprechen. Sie ruhen sich aus, dann hole ich Sie wieder ab.« »Das kann ich nicht annehmen.« »Unsinn. Kein Wort mehr.«

Teo Delgado fuhr nach Hause und setzte Baptista bei seiner Frau ab. »Ich esse mit dem Bürgermeister zu Mittag. Kümmere dich bitte um den Comissário. Er muss sich noch schonen.« Baptista räusperte sich. Die Situation war ihm unangenehm. Er erinnerte sich daran, wie er als kleiner Junge die Zeit mit seiner Nachbarstochter verbringen sollte, in die er furchtbar verliebt war. Damals brachte er kein Wort über die Lippen. Diesmal half die Frau des Hauses über diese Schwierigkeit hinweg. »Kommen Sie und leisten Sie mir Gesellschaft bei einer kleinen Leckerei«, sagte die Senhora. Schon diese Ansprache ließ Baptista erröten. Dennoch folgte er der Aufforderung. Sie setzten sich auf das große Sofa. Er bekam Kaffee eingeschenkt und vier winzige Sahnetörtchen serviert.

»Haben Sie denn auch den Blick für die Reize der Insel nicht verloren, bei Ihrer vielen Arbeit, Senhor Comissário?«, säuselte Delgados Frau. »Nun ja, es ist wirklich faszinierend hier. Alle kennen sich und leben auf kleinstem Raum zusammen. Der Kontakt zur Außenwelt ist eingeschränkt. Man muss miteinander klarkommen. Wollten Sie nie etwas mehr Platz haben oder unbeobachtet sein?«

»Unbeobachtet? Niemand könnte sehen, was gerade in diesem Zimmer passiert, nicht wahr ... und falls man möchte, dann wandert man aus, wie unser Sohn. Er ist in den USA, wie viele andere Söhne und Töchter der Azoren. Dort leben inzwischen mehr gebürtige Azoreaner, als es hier Einwohner gibt. Ich wäre auch gerne in die weite Welt gezogen, aber ich habe es nicht übers Herz gebracht, meine Eltern so alleine zu lassen. Aber, aber. Was für ein ernstes Gespräch. Das ist doch nichts für einen Mittagsschlaf. Kommen Sie hier in das Gästezimmer, dort können Sie sich ausruhen.«

Baptista folgte ihr in ein Nebenzimmer, das mit einem komfortablen Klappsofa ausgestattet war. Er setzte sich auf das Sofa. »Warten Sie Jao – ich darf Sie doch so nennen? – das Kissen gehört nicht hierhin.« Sie streifte ihn mit dem Arm, als sie das Kissen nahm. Als sie das Kopfkissen an das andere Sofa-Ende legte, beugte sie sich über ihn, sodass er nicht anders konnte, als direkt in ihren Ausschnitt zu sehen, der sich vor seiner Nase befand. »So, nun können Sie sich etwas entspannen.« Sie legte unbefangen seine Beine nach oben und das Kissen hinter seinen Kopf. »Neulich nachts haben wir uns ja schon kennen gelernt. Da muss man nicht mehr so distanziert sein. Zumal Sie vielleicht nicht mehr lange bei uns sein werden.« Mit diesen Worten und einem langen Blick aus den dunklen Augen schloss sie die Tür. An Schlaf war nun nicht mehr zu denken. Baptistas Kreislauf war in Wallung gekommen. Die katholische Moral ist ein Sieb mit großen Löchern, dachte er bei sich.

Er erinnerte sich an seine letzte Begegnung mit einer Frau. Das war vor drei Jahren. Lange nachdem er sich von seiner Ehefrau getrennt hatte. Sie hieß Maria und war in seinem Alter. Er hatte sie bei einem Abendessen eines Freundes kennen gelernt und später zufällig wiedergetroffen.

Sie verabredeten sich zu einem Theaterbesuch und so gab eins das andere. Aber er konnte niemanden mehr dauerhaft in seiner Nähe ertragen. Abends sehnte er sich sehr, gemeinsam ein Glas Wein zu trinken oder die Bettdecke nicht alleine zurückschlagen zu müssen. Doch wenn Maria bei ihm war, fühlte er sich wie ein Raubtier im Käfig. So zerschlug sich alles wieder. Damals hatte er sich geschworen, nur noch Bettbeziehungen zu führen. Das konnte er aber nicht. Denn bevor er mit einer Frau das Bett teilte, wollte er sich in sie verlieben. Ein Dilemma, das ihn zur Einsamkeit verdammte.

Plötzlich fiel ihm ein, dass er da Silva anrufen wollte. Hatte er ihm nicht seine Visitenkarte zugesteckt? Er holte den großen Wust an Notizzetteln aus seiner Geldbörse und blätterte alles durch. Warum konnte er nicht ordentlicher sein? Dann fiel sie ihm in die Hände. Er erinnerte sich an das goldene Emblem auf der Karte. Eine Mobilnummer war auch angegeben. »Darf ich mal das Telefon benutzen?«, rief er in das Wohnzimmer. »Natürlich, fühlen Sie sich wie zu Hause.« Er wählte die Nummer und wartete.

»*Estou*!« »Hier ist Baptista. Aus dem Flugzeug. Erinnern Sie sich noch?« »*Que bonito*! Wo sind Sie? Geht es Ihnen gut?« »Ich bin auf Corvo und mit den Ermittlungen zu dem Mord beauftragt.« »Wie? Das hatten Sie nicht erwähnt. Ich hätte Ihnen doch das ein oder andere erzählen können.« »Ich muss Sie sehen. Lässt sich das arrangieren?« »Warten Sie mal. Ich bin auf Flores, wegen des Geburtstages meiner Mutter. Morgen könnte ich mir frei machen. Ich versuche irgendwie nach Corvo zu kommen. Am besten rufen Sie mich heute Abend kurz an. Dann sage ich Ihnen wo und wann.« »*Muito amável, obrigado.*« »*De nada*. Bis nachher.«

Baptista entschied sich, nicht länger auf dem Sofa liegen zu bleiben. Er setzte sich zu Delgados Frau auf die Terrasse. Sie schälte Kartoffeln. »Kann ich Ihnen helfen?«, fragte er. »Seien Sie doch nicht immer so förmlich. Bitte setzen Sie sich, Jao. Sagen Sie, wie kann man es eigentlich aushalten, wenn man den ganzen Tag mit Mord und Gewalt beschäftigt ist?« Baptista schwieg einen Moment. Das hatte er sich selbst auch oft gefragt. Was geschah mit den ganzen Leichen in seinem Kopf? »Seit über dreißig Jahren übe ich diesen Beruf nun aus, Senhora –« »Bitte nennen Sie mich doch Maria.« »Also Maria. Man lernt die Dinge zu akzeptieren. Als junger Polizist habe ich während einer Nachtstreife gesehen, wie drei junge Kerle einen anderen Mann verprügelten. Mein Kollege und ich stiegen aus und zogen unsere Knüppel, um die Jugendlichen auseinander zu bringen. Plötzlich zog einer der Kerle eine Waffe und schoss meinen Kollegen nieder.« »Das ist ja schrecklich!« »Ich habe Wochen darüber verbracht zu überlegen, ob es nicht besser gewesen wäre, einfach im Wagen zu bleiben. Man macht die Welt nicht besser als Polizist. Aber ich kann es nicht ertragen, nur zuzusehen.« »Was sagt ihre Frau zu Ihrem Beruf?« Baptista lächelte in sich hinein. Wie schlau es Frauen doch verstehen, diese Frage an beliebiger Stelle ganz natürlich einzuflechten, dachte er. »Ich bin geschieden. Mein Beruf war sicher auch ein Grund. Sie konnte es nicht ertragen, bei jedem Abschiedskuss am Morgen zu denken, dass es der letzte sein könnte.«

Sonntagnachmittag, 16. Juni

»Kommen Sie, wir gehen etwas spazieren«, schlug Maria vor. Allein das Timbre ihrer Stimme machte den Vorschlag unwiderstehlich. Beim Hinausgehen berührte sie wie zufällig seine Hand. Jao zuckte zurück. Sie lächelte ihn an. Er fühlte sich gut und schlecht zugleich. Dieses Prickeln in der Bauchgegend und der leicht erhöhte Blutdruck gaben ihm eine jugendhafte Leichtigkeit, die er gerne jede Sekunde in seinem Leben haben würde. Zugleich kam er sich auch vor wie ein alter geifernder Bock, der seinen Hormonen ausgeliefert ist. Die beiden Bilder schlossen sich nicht aus.

Maria ging unbefangen mit ihm in Richtung des kleinen Hafens. Er beobachtete, wie sie sich bewegte und sah ihr Haar im Wind wehen. Baptista genoss die private Begegnung, die erste auf Corvo. Dann konnte er aber nicht anders, als an Amaral zu denken. »Kannten Sie Francisco eigentlich?« »Hier kennt jeder jeden. Francisco und ich sind gemeinsam aufgewachsen.« »Senhor Ernestão hat erzählt, dass sich Francisco viel Geld von ihm geliehen hat. Haben Sie eine Idee, wofür er es wollte?« »Für seine Familie jedenfalls nicht. Sehen Sie, mein Mann und ich führen vielleicht auch nicht die vorbildlichste Ehe vor Gott. Aber jeder sorgt doch für den anderen. Francisco war alles egal. Er wollte von dieser ›erbärmlichen Insel‹ – wie er Corvo immer nannte – weg. Egal wie. Und er hasste seine Familie wie die Pest.« »Warum war er so?« »Hat nicht jeder seine Gründe? Wenn Sie mich fragen, hat sein Vater mit ihm Dinge getan, die man mit seinen Kindern nicht tut.« »Was meinen Sie damit?« Maria machte eine obszöne Handbewegung. Dann liefen sie weiter ohne zu sprechen.

Plötzlich stolperte Maria. Jao fing sie auf. Sie war ihm ganz nahe. Er konnte ihren Atem und ihr Parfüm riechen. Ihr Körper war warm und weich. Sie sahen sich in die Augen. Dann riss sich Baptista los. »Wir müssen zurück. Delgado kommt gleich.« Klopfenden Herzens gingen sie zurück. Sie tranken noch einen *Galão*, als Delgado eintraf. Ohne es zu ahnen erlöste er beide aus einer beinahe unerträglichen Spannung. »Entschuldigen Sie«, sagte er. »Es hat etwas länger gedauert. Für den Ausflug zum do Pico reicht es aber noch.«

Delgado und Baptista fuhren aus Vila Nova heraus, vorbei an der Fonta Velha und den vier Flüssen, die dem Vulkankrater entsprangen. Dann hielten sie an und spazierten hinunter zum do Pico. Die Sonne ging allmählich unter. Ein fantastisches Abendrot kündigte sich an. Wie Horazio Theodore gesagt hatte, sah man einen rötlichen Felsen an der steinigen Küste. Man würde dahinter nichts vermuten. Auch als die beiden um den Felsen herum gingen, sah man zunächst kein Fortkommen. Der Felsen schien im Wasser zu enden. Erst als sie fast im Wasser standen, konnte man erkennen, dass es auf einem schmalen Vorsprung hinter dem Felsen zu einem dunklen Eingang ging.

Vorsichtig liefen sie auf den teilweise algenbedeckten Steinen zu der Grotte. Als sie nur noch wenige Meter davorstanden, erkannten sie einen Holzverschlag. Delgado ging vor und öffnete eine unverschlossene Tür. Sofort stieg Baptista ein bekannter Geruch in die Nase. Er konnte ihn jedoch nicht unmittelbar zuordnen. Eine grauenhafte Erinnerung war mit dem Geruch verbunden. Die Einrichtung, die im düsteren Licht zu erkennen war, wirkte durchaus wohnlich. Der Raum war rund fünfundzwanzig Quadratmeter groß. In der einen Hälfte befand sich eine große Liegefläche mit Matratze, in der anderen ein Tisch mit Stuhl. Da es nur ein kleines Fenster gab und die Grotte ohnehin nur wenig Licht hereinließ, zündete Baptista einige der Kerzen an. »Was er hier wohl gemacht hat?«, fragte Delgado.

Einige Spinnen liefen auf dem Boden herum. Der Comissário und Delgado sahen sich um. Baptistas Gehirn sperrte sich, die Dinge zusammenzufügen, die vor ihm lagen. Er atmete den dumpfen Geruch schnaufend ein. Dann brach es durch. Schweiß. Angstschweiß. Das war der Geruch. Ein Stofftier. Durchwühlte Laken. Irgendwo musste das letzte Teil des Puzzles liegen. Am hinteren Teil der Liegefläche fand er dann eine Unterhose mit rosa Punkten. Er rannte raus und schrie wütend gegen die Brandung. Warum immer wieder? Delgado kam besorgt hinter ihm her. »Was haben Sie?« »Hier wurde ein Mädchen missbraucht!« Baptista lief an den Felsstrand zurück. Er konnte den Anblick und den Geruch nicht ertragen.

Vor einem Jahr kam Baptistas Schwester zu ihm. Sie hatte ihren eigenen Mann erwischt, wie er sich an ihrer Tochter verging. Baptista war fassungslos. Er konnte es nicht glauben. Sein Schwager war ein komischer Kauz, schien aber völlig harmlos. Baptista nahm damals seine Nichte in den Arm und roch ihren Angstschweiß. Diesen Geruch würde er niemals vergessen. Als er sich mit seinem Schwager traf und ihm einige Fragen stellte, gab es keine Zweifel mehr. Baptista wurde so wütend, dass er auf ihn losprügelte. Sein Schwager war allerdings wesentlich stärker als er. So endete sein Angriff schnell mit einem Nasenbeinbruch. Baptista träumte noch immer von den unvorstellbaren Szenen, die seine Nichte erlebt haben musste. Und jetzt wieder.

Dann gewann endlich wieder der Ermittler in ihm die Oberhand. Delgado war inzwischen nachgekommen. »So warten Sie doch, Baptista.« »Entschuldigen Sie. Es übermannte mich gerade. Ich habe den Verdacht, dass in dem Verschlag ein Mädchen missbraucht wurde.« »Wegen der Unterhose? Da sehen Sie sicher Gespenster. Francisco hatte doch eigene Kinder. Die sind bestimmt einfach nur mitgekommen.« Baptista fand diesen Gedankengang keineswegs beruhigend. Hatte sich Francisco möglicherweise an seinen eigenen Kindern vergriffen? Wieder gewann der Ermittler. »Sie haben Recht. Es gibt keinen einzigen Beweis. Mich hat die Szenerie nur an einen Fall aus dem letzten Jahr erinnert. Lassen Sie uns noch mal alles genau ansehen.« »Auf jeden Fall hat sich Francisco dort ein perfektes Versteck gebaut.«

Sie gingen wieder in die Grotte. Diesmal schaute sich Baptista auch außerhalb des Verschlages um. Der Boden war sehr glitschig. So entschied er sich, in der Hocke ganz vorsichtig zu kriechen. Dabei verhakte er sich mit seinem Fuß in einer Felsspalte. Delgado kam ihm zu Hilfe. Als er Baptistas Fuß aus der Spalte hinaus manövrierte, sah er darin etwas glitzern. »Warten Sie. Hier unten ist etwas.« Er griff in die Spalte und hatte ein Messer in der Hand. »Da ist Blut dran. Vielleicht ist es die Mordwaffe.« Baptista holte eine der Plastiktütchen für Ermittlungen aus seiner Tasche und packte das Messer ein. »Lassen Sie uns jetzt besser zurück fahren. Die Sonne geht in wenigen Minuten unter. Wir können morgen weitermachen«, meinte Baptista. Die beiden gingen wortlos zu Delgados Auto.

»Wollen Sie noch bei uns essen?«, fragte Delgado. »Das ist außerordentlich freundlich. Zumal das Essen in ihrer Gesellschaft ein großer Genuss ist. Aber ich brauche heute Zeit zum Nachdenken«, antwortete Baptista. »Sie sind ja wie ein Festland-Portugiese. Natürlich kommen Sie mit.«

Delgado duldete hierzu offensichtlich keine Diskussion und fuhr direkt zu seinem Haus. »Morgen früh können wir das Messer zu Ernestão mitnehmen. In seinem Labor bekommen wir bestimmt erste Erkenntnisse. Für heute haben wir genug gearbeitet.« Delgado setzte sich in den kleinen Garten und öffnete eine Flasche Pico. Baptista wäre gerne alleine gewesen. Aber offenbar war auf Corvo die Geselligkeit wichtiger als individuelle Bedürfnisse.

»Da seid ihr ja«, begrüßte sie Delgados Frau. »Was ist geschehen? Eure Gesichter sind so bleich, dass ihr in der Dämmerung leuchtet.« »Wir haben das Messer gefunden, mit dem auf Francisco eingestochen wurde«, sagte Delgado. »Etwa in der Grotte?« »Du weißt von der Grotte? Woher?« Maria schaute kurz nach unten, als hätte sie ein Geheimnis ausgeplaudert. »Von Luzía.« »Das ist Franciscos Tochter.« »Was hat er dort mit ihr gemacht?«, fragte Jao Baptista. »Nichts. Was weiß ich? Sie ist seine Tochter. Was machen Väter mit ihren Töchtern?« Marias Augen schauten zur Seite, während sie sprach.

Delgado sprang auf und schüttelte seine Frau. »Verdammt. Was weißt du von der Grotte? Hat er sie dort angefasst?« »Fass mich nicht an!«, schrie Maria. Dann lief sie ins Haus und warf die Tür mit einem lauten Knall hinter sich zu. Die beiden Männer blickten sich ratlos an. »Morgen muss ich noch einmal zu Franciscos Frau. Sie muss einfach mehr wissen. Für heute Abend bin ich vielleicht doch fehl am Platz. Ich gehe in mein Zimmer. Kümmern Sie sich um Ihre Frau. Sie hat es verdient.« Mit diesen Worten erhob sich Baptista und ging. Nachdenklich schlenderte er die zwei kurzen Gässchen zu seiner Pension. Dort aß er mit Senhora Lancha schweigend ein einfaches Abendbrot und ging dann mit einer Flasche Rotwein nach oben in sein Zimmer.

71

Ihm fiel ein, dass er dringend mit da Silva telefonieren musste. Baptista ging noch einmal nach unten und rief vom Haustelefon aus an. Er hatte eine Kinderstimme am Telefon. Das piepsige Mädchen wollte unbedingt, dass er wie ein Löwe brüllte. Sonst würde es da Silva nicht an den Apparat holen. Baptista brüllte unter den geweiteten Augen von Senhora Lancha tatsächlich in den Hörer. Das Mädchen war nicht zufrieden und verlangte mehr. Zum Glück nahm da Silva dem Kind den Hörer aus der Hand. »Gut, dass Sie anrufen«, meldete sich da Silva. »Bei Delgado ging niemand ans Telefon. Ich komme morgen um elf Uhr mit der Fähre. Können Sie mich abholen?« »Prima. Um elf Uhr bin ich am Hafen. Danke und schönes Feiern.«

Endlich konnte Baptista den Weg nach oben antreten. Er war sehr froh, dass es ihm wieder besser ging. Sein Kopf war klar und er fühlte sich gesund. Ein Wunder, das er Pão zu verdanken hatte. Hatte nicht Bastelio von Pão als Kinderschänder gesprochen? Sollte man das ernst nehmen? Im Kopf ging Baptista ein mögliches Szenario durch: Francisco hatte in der Grotte ein Mädchen missbraucht. Möglicherweise mehrfach. Einer oder mehrere Personen hatten Verdacht geschöpft und folgten ihm zur Hütte. Dort haben sie oder er Francisco erstochen und ins Meer geworfen. Durch die Strömung wurde die Leiche in den Hafen geschwemmt. Baptista nahm das Messer in Hand, das sie heute gefunden hatten, und legte es neben die Bilder der Leiche. Die Größe schien zu passen.

Dazu würde auch das eigenartige Verhalten passen, dass alle ihm gegenüber an den Tag legten. Man wollte nicht, dass die Insel in Verruf geriet. Seine Ermittlungen gefährdeten möglicherweise die Existenz der ganzen Insel. Die Beweise für die Tat hatte er nicht zusammen. Der

Täter könnte praktisch jeder sein. Aber konnte es wirklich sein, dass ihm keiner der Beteiligten etwas sagen wollte? Wie passte Pão in das Bild? Auch dort hatte er Blut gefunden. Baptista machte sich noch einige Notizen. Dann erinnerte er sich an den geheimnisvollen Brief, in dem er aufgefordert wurde, mit da Silva zu sprechen. Vielleicht würde er morgen weiterkommen. Müde legt er sich hin. In seinem Kopf tauchte Maria Delgados Gesicht auf und sie lächelte ihn mit ihren langen dunklen Wimpern an. Das Leben schien ihm plötzlich so lebenswert. Mit diesem Bild schlief er ein.

Montagmorgen, 17. Juni

Baptista wachte von einem eigenartigen Brummen auf. Er hatte schlecht geträumt. Immer wieder sah er sich hilflos an den Felsen gefesselt, während Francisco Amaral sich an einem wehrlosen Mädchen verging. Im Traum kitzelte ihn jemand an der Nase, bis er lachen musste. Und so sah er, wie Amaral ein Mädchen vergewaltigte, während er lachen musste. Als er die Augen aufschlug, hatte es sich eine Katze an seinem Hals bequem gemacht. Sie brummte zufrieden vor sich hin und streifte gelegentlich mit ihrem Schwanz seine Nase.

Als er sich bewegte, schaute sie ihn mit giftgrünen Augen an. Dann sprang sie vom Bett und verschwand aus dem Fenster. War das ein Zeichen? Baptista stand auf und trat auf seine Schuhe, die er ungünstig vor das Bett gestellt hatte. Er knickte schmerzhaft mit seinem Knöchel um. »Verdammt«, fluchte er. »Immer das Gleiche!« Keinen einzigen Tag in seinem Leben hatte er ohne diese dümmlichen Ungeschicklichkeiten überstanden. Immer war er verletzt oder krank, eben nicht richtig einsatzfähig. Er schlug mit der Faust auf den Tisch. »So kann es nicht mehr weitergehen!« Er wusste nicht, was er damit sagen wollte.

Als er sich angezogen hatte, humpelte er die Treppe hinunter, wo ihn Senhora Lancha bereits erwartete. »Sie haben heute länger geschlafen. Das ist ein gutes Zeichen.« Baptista schaute auf die Uhr. Aber bis elf Uhr war noch Zeit. Es würde noch reichen, um bei Ernestão vorbei zu sehen. »Eine Katze hat sich heute Nacht zu mir gesellt. Da konnte ich wohl besser schlafen.« »Warum humpeln Sie? Sind Sie gestern gestürzt?« »Nein, nein. Das ist nichts.

Heute Morgen bin ich komisch aufgetreten.« Wie üblich trank Baptista einen *Galão* und aß ein süßes Brötchen dazu. Delgado kam die Tür hereingestürmt. »Gut, dass Sie noch da sind. Ich habe mich verspätet. Warten Sie schon lange?« »Nein. Ich habe heute auch verschlafen. Setzen Sie sich doch kurz.«

Die beiden Männer saßen schweigend beim Frühstück. Baptista wollte nicht vor Senhora Lancha nach dem gestrigen Streit mit Maria fragen und Delgado wollte wohl auch vor ihr nicht darüber sprechen. Er war froh, als sie endlich im Auto saßen. »Sie humpeln«, meinte Delgado. »Was ist gestern Nacht geschehen?« Baptista verdrehte innerlich die Augen. »Ich bin nur falsch aufgetreten.« »Können Sie denn laufen?« »Ja. Reden wir über etwas Anderes.« »Sollen wir zuerst zu Ernestão?« »Ja. Ich bin sehr gespannt, ob er etwas herausgefunden hat und heute Nachmittag möchte ich noch mal bei Franciscos Frau vorbei schauen.« »In Ordnung.« »Aber zuvor habe ich mich mit Senhor da Silva verabredet.«

Delgado wirkte sichtlich erschreckt, zuckte zusammen, wollte sich jedoch nichts anmerken lassen. »Oh, interessant. Woher kennen Sie denn Luìs da Silva?« »Er ist mir zufällig begegnet. Gegen elf Uhr kommt er am Hafen an. Sie kennen ihn auch?« »Wer kennt da Silva auf Corvo nicht?« »Helfen Sie mir. Warum ist er hier so bekannt?« »Bekannt ist nicht das richtige Wort, eher berüchtigt. Er ist auf Flores geboren. Vor einigen Jahren konnte er durch einen geschickten Immobilienverkauf ein schönes Fleckchen auf São Miguel erwerben.« »Das hört sich alles noch nicht so interessant an. Wo ist überhaupt die Verbindung nach Corvo?«, hakte Baptista nach.

»Da Silva hat ein neues Geschäftsfeld auf São Miguel aufgebaut. Mit seinen Brüdern betreibt er einen Vertrieb von Touristen-Kitsch. Dazu lässt er von Bauersfrauen zu einem Spottpreis kleine Marienfigürchen und dergleichen herstellen. Mit ein paar Schlägern, so sagt man, hat er die anderen Händler von den lukrativen Aussichtspunkten vertrieben und eine Unmenge Geld verdient. Letztes Jahr entdeckte er Corvo als Geldquelle. Die Touristen kommen seitdem auf Booten hierher, die da Silva mit eigenem Personal betreibt, und er kauft hier auf der Insel Land auf.« »Ist das wirklich so bedrohlich?« »Viele fühlen sich bedroht. Ich persönlich finde das völligen Unsinn. Gerade für Corvo hat das auch seine Vorteile.«

Sie hielten vor Ernestãos Tür. Delgado klopfte und trat ein. »Hier bin ich, in der Küche«, rief Ernestão. Er saß nachdenklich bei einem Pfefferminztee am Küchentisch. Als die beiden Ermittler eintraten, sprang er auf und reichte ihnen die Hand. »Sie wollen sicher wissen, was meine Untersuchungen ergeben haben.« »So ist es. Außerdem haben wir noch etwas für einen weiteren Schnelltest mitgebracht«, antwortete Baptista. »Setzen Sie sich doch.« Ernestão ging in das Zimmer nebenan, um einige Unterlagen zu holen. Als er wiederkam, hatte er das Stück Vulkanerz in der Hand.

»Mit dem Erz bin ich weitergekommen. Es enthält in unterschiedlichen Konzentrationen Aluminium, Gold, Nickel, Zink und Kupfer. Solche Steine können Sie hier überall auf der Insel finden. Ehrlich gesagt bin ich noch nie auf den Gedanken gekommen, über dieses Gestein nachzudenken. Bei diesem Exemplar« – Ernestão zeigte auf das Gesteinsstück – »habe ich jedoch etwas Anderes gefunden.« Er schaute geheimnisvoll. »Jetzt sagen Sie schon«, meinte Delgado ungeduldig. »Diamantsplitter. Ich hatte gar nicht danach gesucht. Als ich das Erz verschleifen wollte, hat es mir aber den Schleifstein zerstört. Da wusste ich, dass etwas sehr hartes in dem Erz sein musste. Ich bin zwar kein Geologe, aber ich bin sicher, dass eine solche Konzentration von Diamantsplittern auf ziemlich reichhaltige Vorkommen deutet. Vielleicht haben wir damit ja ein Motiv für den Mord.« Delgado nickte unwillkürlich. »Und das Blut? Konnten Sie die Blutgruppe bestimmen?« »Das war einfach. Es ließ sich vom Stein lösen. Das Blut gehört zur Gruppe AB positiv. Recht selten, weniger als drei Prozent aller Menschen haben AB. Auf Corvo kommen damit vielleicht 10 Personen in Frage. Hilft Ihnen das weiter?«

Baptista war sich nicht sicher. »Vielen Dank. Hier habe ich noch ein Messer mit Blut mitgebracht. Würden Sie es ebenfalls kurz testen? Bitte berühren Sie es nicht.« Baptista gab es Ernestão in der Tüte. Der ging in den Keller, um sich etwas von dem Blut für seine Tests zu entfernen. Dann brachte er das Messer zurück. »Wir müssen jemanden am Hafen abholen«, meinte Delgado. »Nachher sehen wir noch einmal vorbei.« »In Ordnung. Bis nachher.«

Als sie im Wagen saßen, fragte Delgado: »Welche Blutgruppe hatte denn Francisco?« »AB. Er hatte AB. Sein Bruder aber möglicherweise auch. Ich bin mir nicht sicher, ob uns das wirklich weiterhilft. Wussten Sie etwas von dieser Diamantensache?« »Ich hatte nicht die geringste Ahnung.« »Wir sollten uns beeilen. Da Silva kommt gleich an.« Schweigend fuhren Sie zum Hafen. Als die beiden einen Parkplatz fanden, fuhr das Schiff gerade ein. Baptista überlegte kurz, ob er da Silva wiedererkennen würde. Das war jedoch nicht nötig. Selbst wenn er ihn niemals zuvor gesehen hätte, konnte er ihn unter den zwanzig Personen sofort erkennen. Mondän gekleidet mit Pelzversatzstücken stieg er wie auf einem roten Teppich den Holzsteg herunter.

»Mein liebster Baptista. Wie schön, dass wir uns so bald wiedersehen. Ich hatte ja keine Ahnung, dass Sie wegen dieser Sache hier sind ...« Baptista war es sehr peinlich, sich mit diesem auffälligen Menschen zu treffen. Deswegen wollte er da Silva schnell zum Wagen führen. Der hatte aber seine eigenen Pläne. Er blieb auf halbem Weg stehen und rief laut über den Platz: »Mein geliebtes Corvo. Du liebste Schwester von Flores. Wie habe ich dich vermisst!« Er setzte noch zu weiteren Sätzen an. Doch in dem Moment stand Bastelio neben ihm und spuckte vor ihm aus. »Du wagst es, hierher zu kommen. Jeden Abend verfluchen wir dich. Und heute bete ich, dass dein Schiff auf dem Rückweg untergeht und du von den Haien gefressen wirst. Gleich zünde ich eine Kerze dafür an.« Bastelio spuckte wieder vor da Silvas Lackschuhe. Da Silva blickte Bastelio ungerührt an. »Was ist bloß aus dir geworden. Würden deine tote Frau und dein totes Kind das gutheißen?« Bastelio lief vor ohnmächtiger Wut rot an. »Erwähne meine Familie nicht, wenn du deine Heimreise lebend antreten willst.« Mit diesen Worten drehte sich Bastelio um und verschwand. »Sie scheinen nicht allzu beliebt zu sein«, raunte ihm Baptista zu. »Zahnärzte sind auch nicht beliebt. Aber dennoch muss der Zahn manchmal raus.«

Delgado kam angelaufen. »Hallo Luìs«, begrüßte er da Silva. »Der Arzt ist endlich mitgekommen. Wir können nachher zu ihm.« »Für den eigentlichen Anlass kommt er nun etwas spät«, meinte Baptista. »Aber meinen Fuß kann er sich ansehen. Senhor da Silva, gehen wir vor einem Mittagessen, zu dem Sie selbstverständlich eingeladen sind, noch etwas spazieren.« »Oh, sehr gerne. Am Largo do Outeiro bei der Heilig-Geist-Kapelle ist es wunderbar.« Die drei stiegen in Delgados Wagen und fuhren die Serpentinen zur Kapelle hinauf.

»Was für eine Rechnung hast du denn mit Bastelio offen?«, fragte Delgado. »Pah. Der alte Knochen meint, dass ich seinen alten Hof haben will. Wegen seiner toten Frau hängt er an dem Grundstück.« »Und, wollen Sie?«, hakte Jao Baptista nach. »Wissen Sie Senhor Baptista, ich bin Geschäftsmann. Und ich habe Bastelio ein überaus attraktives Angebot unterbreitet. Er braucht nur abzulehnen.« »So einfach ist die Sache nicht«, meinte Delgado. »Bastelio hat durch das Begräbnis seiner Frau und seiner Tochter kein Geld mehr übrig. Sein Sohn ist ihm eine große Last. Die muss er nun alleine tragen. Und er weiß, dass die Banken ihm im Nacken sitzen. Bald hat er nicht mehr genug Futter für seine Schafe. Ich verstehe Bastelio. Er fühlt sich in die Ecke gedrängt.« »Ich biete ihm einen Ausweg aus seiner Misere an. So ist die Sache doch. Er braucht nur abzulehnen und ich bin weg. Aber das tut er nicht.«

Am Largo do Outeiro stiegen sie aus. Es war wirklich ein zauberhaftes Fleckchen. Da Silva lief los. »Moment«, rief Baptista. »Ich kann nicht so schnell.« Er humpelte hinter den beiden her. »Was ist mit ihrem Fuß?«, fragte da Silva. »Ach das. Nur komisch aufgetreten.« »Kommen wir gleich zur Sache«, meinte da Silva. »Mein Schiff geht um drei Uhr. Ich muss zur Geburtstagsfeier meiner Mutter zurück.« »Verzeihen Sie, aber ich habe einige ganz naive Fragen. Vielleicht erzählen Sie kurz, was Sie mit Corvo verbindet.«

Baptista humpelte durch die wunderschöne Landschaft und hatte Schwierigkeiten, sich auf seinen Gang, den Anblick des Largo und da Silvas Ausführungen zugleich zu konzentrieren. Er dachte, dass es besser gewesen wäre, an einem Tisch zu sitzen. Aber dafür bot die Mittagspause noch Zeit. »Das ist schnell erzählt«, begann da Silva. »Durch ehrliche und harte Arbeit bin ich zu etwas

Wohlstand gelangt und biete nun denjenigen, die ich aus meiner Kindheit und Jugend kenne, meine Hilfe an ...« »... die wohl nicht jeder annehmen möchte. Davon aber einmal abgesehen. Sie sagten, dass Sie Geschäftsmann seien. Warum investiert ein Geschäftsmann in Corvo? Was machen Sie mit dem ganzen Land, dass Sie erwerben?«

Da Silva räusperte sich. »Nun. An erster Stelle geht es wie gesagt darum, dass ich meinen Freunden und Bekannten eine Perspektive aufbauen möchte. An zweiter Stelle glaube ich, dass man aus Corvo etwas machen kann. Dazu benötige ich aber Land.« »An was hatten Sie denn gedacht?«, fragte Delgado mit nicht zu überhörendem Unterton. »Eine Sklavenfarm vielleicht?« »Unsinn. Das muss aber unter uns bleiben. Ich möchte Corvo zu einem Ferienparadies ausbauen. In exklusiver Hotelatmosphäre sollen die Kunden hier Shopping machen und ungestört von den großen Touristenströmen sein.« »Wie viel Land brauchen Sie denn dazu?« »Lassen Sie mich so formulieren: alles.«

Montagmittag, 17. Juni

»Wie du das immer formulierst, Luìs«, erregte sich Delgado. »Wir sind doch nicht käuflich. So machst du dir keine Freunde hier und ich muss das dann ausbaden!« »Du siehst alles immer so eng, Teo.« Delgado konnte das Getue von da Silva offensichtlich nicht gut ertragen. Er hielt etwas Abstand. Das war für Baptista eine gute Gelegenheit, mit da Silva alleine zu sprechen. »Hören Sie gut zu. Ich habe von einem der Leute hier einen direkten Hinweis bekommen, dass Sie mir in Bezug auf den Mord an Francisco Amaral weiterhelfen können. Ihre schmutzigen Geschäfte interessieren mich nicht. Geben Sie mir, was ich brauche und dann gehen Sie Ihrer Wege.«

»Deswegen bin ich hier. Francisco Amaral hatte von mir ebenfalls ein Angebot vorliegen. Ich weiß auch, dass er hoch verschuldet war. Wahrscheinlich bei Ernestão. Das ist hier der Einzige, der größere Summen verleiht. Aber Francisco wollte nicht. Irgendetwas hielt ihn wie versessen auf seinem Stück Land. Allerdings: Es gehörte ihm juristisch gesehen gar nicht, sondern seiner Frau. Mit ihr bin ich schnell weitergekommen. Ich habe geplant, den Kauf noch in diesem Monat zu machen. Nächsten Sonntag feiert man hier das Festa do São Pedro. An diesem Tag hatte ich vor, die notarielle Beglaubigung unter Dach und Fach zu bringen. Durch den Tod von Francisco gibt es Probleme mit dessen Familie. Wenn ich den Deal nicht einfahren kann, springen mir meine amerikanischen Investoren ab. Die glauben ohnehin nicht, dass ich so etwas hinkriege.« »Haben Sie einen Verdacht, wer an Franciscos Mord beteiligt sein könnte?« »Seine Frau hat mir erzählt, sie würde ihn umbringen, wenn Francisco sie am Verkauf hindern würde. Es ist ihr Ticket in die Freiheit.«

Delgado kam wieder näher. »Wir sollten zurückfahren. Das Mittagessen für den Herren Investor wartet.« Sie stiegen wieder in den Wagen. Der See schenkte ihnen ein teilnahmsloses Glitzern zum Abschied und sie fuhren nach Vila Nova zurück. Unangenehm berührt, überlegen oder nachdenklich, je nach Person. Nur still waren alle. Delgado fuhr die drei zum Caldeirão im Caminho dos Moinhos – das einzige richtige Restaurant auf Corvo. Die Tische waren mit weißen Decken eingedeckt und die Kellnerin hatte einen Rock an, wie man es gewohnt war. »Bringen Sie uns drei Menüs«, bestellte Delgado, immer noch missmutig.

Da Silva ließ sich von der schlechten Stimmung Delgados nicht im Mindesten anstecken. Fröhlich stieß er mit dem Tischwein an, der nach kurzer Zeit vor ihnen stand. »Auf die neue Zeit in Corvo«, prostete er den beiden zu. »Ich hatte vor, Franciscos Frau noch einmal zu besuchen. Würden Sie bitte noch kurz mitkommen?«, fragte Baptista. Da Silva nickte. »Dann sollten wir mit dem Essen nicht zu viel Zeit verbringen.« Mit dieser Aussicht schienen alle drei zufrieden zu sein. Sie bekamen einen kleinen grünen Salat, den sie sich selbst mit Öl und Essig anmachen mussten. Dann folgten ein Schnitzel mit viel zu fetten Bratkartoffeln und ein Eistöpfchen als Nachspeise. Lieblos wie in São Miguel, dachte Baptista bei sich. Während des Essens hörte man aus dem Hinterhof lauten Baulärm. Das war nicht sehr schön, überdeckte aber die stille Gespanntheit am Tisch einigermaßen. Sie zahlten rasch und fuhren zu Franciscos Frau.

Maria Grazia arbeitete – wie beim letzten Mal auch – im Garten. »Senhor Delgado«, sagte Baptista. »Können

Sie kurz im Wagen bleiben. Die arme Frau denkt sonst, wir wollten Sie überfallen, wenn wir zu dritt auftauchen.« »Gut. Sie rufen mich.« Da Silva und Baptista gingen an das Gartentor. »*Bom dia*, Senhora Grazia. Entschuldigen Sie die Störung.« »Sie schon wieder. Haben Sie nicht genug Schaden ...« Maria Grazia stockte im Satz, als sie da Silva sah. »Was machen Sie denn hier?« »Der Comissário hatte mich wegen einiger Fragen zu sich gebeten.« »Dürfen wir kurz hinein?« »Sie haben mich bereits aus meiner Ruhe gerissen. Der Rest ist auch egal. Aber machen Sie rasch. Sonst komme ich mit meiner Arbeit nicht mehr zurande.«

Die beiden öffneten das kleine Gartentor. Grazia bot ihnen keinen Sitzplatz an. Mit da Silva als Begleitung war sie offensichtlich noch ungehaltener über den Besuch als beim letzten Mal. »Da Silva hat mir einige Dinge über Ihre finanzielle Lage gesagt, die möglicherweise eine Rolle bei Franciscos Tod spielen könnten.« »So, hat er? Senhor da Silva hat mir aus der Patsche helfen wollen, in die mich mein Mann hineinmanövriert hat. Für seine Vorschläge bin ich sehr dankbar.« Da Silva nickte gönnerhaft. »Liebste Maria Grazia, so traurig auch der Tod Ihres Mannes ist, er sollte dennoch nicht auch Ihre Zukunft und die Ihrer Kinder in den Abgrund stürzen.« Baptista sah angewidert zu da Silva. Dann wandte er sich an Maria Grazia. »Warum haben Sie mir davon nichts erzählt? Man könnte das sehr gut als Motiv für einen Mord auffassen. Ich habe schon Fälle bearbeitet, in denen für weitaus weniger Geld Menschen getötet wurden.«

»Damit hier eins klar ist: Ich bin keiner Ihrer Fälle. Sie haben Recht. Ich hätte Ihnen von der Sache mit dem Grundstück erzählen sollen. Aber bei einem bin ich mir sicher. Mein Mann wurde durch den Hass getötet, den er auf sich gezogen hatte. Jeder auf Corvo hätte es getan. Mir erschien die Sache mit dem Grundstück nicht so wichtig.« Baptista sah Maria unverwandt an, während sie sprach. Irgendwie schien sie ernst zu meinen, was sie sagte. Aber sie rückte auch nicht mit der Wahrheit heraus. Ein gefährliches Spiel, dachte er. Sie deckt jemanden, so muss es sein. »Senhor Baptista, mein Schiff legt bald ab. Ich lasse mich von Delgado schnell zum Hafen fahren – wenn er mich in seinen Wagen einsteigen lässt. Scherz beiseite. Delgado wird Sie sicher abholen. Meine Telefonnummer haben Sie ja für mögliche Fragen. Viel Erfolg und es war mir eine Ehre. Senhora Grazia, wir sehen uns am Sonntag wie vereinbart.« Da Silva stand auf und ging zu Delgados Wagen. Baptista war froh, alleine mit Franciscos Frau über das eigentliche Thema seines Besuchs reden zu können.

»Da ist noch etwas Anderes, weswegen ich Sie sprechen muss.« »Hat noch jemand gepetzt?« »Wir haben Franciscos Verschlag in der Grotte am Corao do Pico gefunden. Wussten Sie davon?« Maria Grazia schlug die Augen nach unten. Baptista war sich nicht sicher, ob das Ja oder Nein heißen sollte. »Was haben Sie dort gefunden?«, fragte sie. »Eigentlich nicht viel. Es war beinahe leer. Wir fanden in der Grotte ein Messer, das die Tatwaffe sein könnte. Ich versuche das gerade überprüfen zu lassen. In dem eigentlichen Verschlag habe ich neben dem Bett das hier gefunden.« Er holte aus seiner Tasche die Unterhose hervor, die er in eine Plastiktüte gepackt hatte. »Wissen Sie, wem diese Unterwäsche gehören könnte?«

Sie nahm die Plastiktüte und betrachtete kurz den Slip. Dann traten in Marias Augen dicke Tränen. Baptista hätte Sie gerne in den Arm genommen. Aber es war unangebracht. Sie weinte ungebremst. »Ich ... verzeihen Sie ...« Sie holte ein Taschentuch aus der Küche. »Das Schwein.

Ich hätte ihn selbst abstechen sollen. Das ist der Slip meiner Tochter. Er hat sich an ihr vergriffen. Ich hatte einen Verdacht, aber Luzía hat nie etwas gesagt. Aber wie er sie immer ansah und wie er mit ihr sprach ... eine Mutter merkt das. Sie ist doch erst acht Jahre alt. Deswegen habe ich die Kinder vor einigen Wochen aus dem Haus geschickt. Aber er hat sie bestimmt trotzdem immer noch getroffen.« Baptista glaubte in ihrer Stimme eine tiefe Narbe hören zu können. Es war seine eigene, dachte er. Die Hilflosigkeit, immer zu spät zu kommen.

»Ich möchte meine Kinder erst zurückholen, wenn alles abgeschlossen, das Haus und alles verkauft ist. Dann verschwinde ich mit ihnen nach Amerika und diese vergiftete Erde soll uns nie wieder sehen.« »Weiß jemand etwas von Ihren Plänen?« »Meine Schwestern natürlich. Die anderen denken alle, mir ginge es um das Geld.« »Worum geht es Ihnen denn?« »Ich will, dass der Hass endlich aufhört. Diese Insel ist zu klein. Man kann sich nicht aus dem Weg gehen. Und jeder gibt seinen eigenen Hass an seine Kinder weiter. So hört das nie auf. Meine Kinder sollen das nicht auch durchmachen, was ich erlebt habe.«

»Haben Sie vielleicht ein Foto Ihrer Kinder, das ich mitnehmen kann?« Die ehemalige Frau Francisco Amarals quälte sich auf und ging wieder ins Haus. Sie kam mit einem Bild zurück. »Die Kleine hier ist Luzía. Ihre Schwester Andrea ist vierzehn. Das hier ist Christofero, zehn, und das hier Sebastião, zwölf.« »Bei der Geburtenplanung haben Sie einen sauberen Zweijahresrhythmus hinbekommen.« »Die Kinder sind nicht von Francisco. Ich habe ihn nach der Hochzeitsnacht nie wieder in mein Bett gelassen.« Baptista zog seine Augenbrauen nach oben. »Er wusste, dass die Kinder von jemand anderem sind?« »Natürlich. Ich heiße zwar Maria, aber deswegen glaubte

Francisco dennoch nicht an Jungfrauen-Geburten.« »Darf ich fragen, wer der Vater ist?« »Das müssen Sie wohl. Er ist ein guter Kandidat für den Mord, nicht wahr? Es ist Franciscos Bruder Pão.« Baptista schnappte nach Luft. In was für ein Dickicht war er hier geraten?

In diesem Augenblick fuhr Delgado mit seinem Wagen heran. Er stieg aus und kam näher. »Ich hoffe, Sie mussten noch nicht lange warten. Da Silva hätte sich fast noch eine Prügelei mit Bastelio geliefert. Gut, dass er von der Insel wieder weg ist.« Dann sah er Baptista an. »Ist Ihnen nicht gut?« »Ach, der Arzt. Wir haben den Arzt vergessen«, fiel Baptista ein. »Der ist jetzt auf dem Schiff. Sie müssen wohl bis übermorgen warten. Dann ist er wieder hier.« Die beiden verabschiedeten sich von Maria Grazia und fuhren zu Ernestão. Auf dem Weg fragte Delgado mehrfach, was Baptista erfahren hatte. Aber Delgado bekam von Baptista keinen zusammenhängenden Satz zu hören.

Montagnachmittag, 17. Juni

Sie trafen Ernestão, als dieser auf einer kleinen Bank im Vorgarten saß und eine dicke Zigarre rauchte. Er blies genüsslich noch einen Rauchring in die Luft und verlöschte die Zigarre mit einem enttäuschten Gesichtsausdruck. »Da haben sich die Herren ja den ungünstigsten Moment des Tages ausgesucht. Aber man ist ja tolerant. Kommen Sie herein. Ich habe interessante Neuigkeiten.«

Sie gingen direkt in die Küche. »Konnten Sie aus dem geronnenen Blut am Messer die Blutgruppe bestimmen?« »Nageln Sie mich bloß nicht auf die Ergebnisse fest. Ich bin Hobbychemiker, kein Gerichtsmediziner. Ich habe es wieder löslich bekommen und testen können. Es ist ebenfalls AB positiv. Und noch etwas ist mir eingefallen. Wir haben doch über mein Darlehen an Francisco gesprochen. Seine Frau hatte mir vor seinem Tod gesagt, ich würde es dieses Jahr noch wiederbekommen. Ich dachte mir, das sollten Sie noch wissen.« »Gut. Sie waren wirklich eine große Hilfe. Wenn der Fall gelöst ist, werde ich mich etwas ausführlicher bedanken. Im Moment ist noch viel zu tun. Entschuldigen Sie uns.«

Baptista zog Delgado nach draußen. »Ich brauche dringend die Blutgruppe von Pão. Sonst tappen wir völlig im Dunkeln. Bitte kümmern Sie sich darum. Vielleicht hat der Arzt auf Flores ja eine Akte. Ich muss dringend mit den Kindern von Francisco sprechen.« »Warum das denn?« »Ich habe den Verdacht, dass sie Francisco am Abend seines Todes gesehen haben. Über den Tathergang wissen wir zu wenig. Im Moment schwirren hier so viele Motive wie Einwohner herum. Ohne Fakten kommen wir keinen Schritt weiter.« »Dann fahre ich Sie noch schnell zu Maria Grazias Schwestern. Anschließend rufe ich beim Arzt an und besuche Pão.«

Wenige Minuten später setzte Delgado Baptista bei den beiden Schwestern ab. Im linken Haus wohnte die etwas pummelige Sophia mit Tochter Magdalena, im rechten die hagere Lorenzía. »Ich hole Sie wieder ab«, verabschiedete sich Delgado. Baptista entschied sich, zunächst zu Sophia zu gehen. Er klopfte und trat ein. »Ich komme! Ach der Senhor Comissário«, begrüßte ihn Sophia. »Entschuldigen Sie die Störung.« »Aber nein. Es ist mir ein Vergnügen. Was haben Sie denn mit Ihrem Fuß angestellt? Sie humpeln ja. Setzen Sie sich doch. Was darf ich Ihnen zu trinken anbieten?« »Ein Glas Wasser wäre wunderbar.« Sophia schenkte ein Glas Wasser ein und stellte einen Mandellikör dazu. »Den müssen Sie einfach probieren.«

»Bitte sagen Sie, Sophia, wissen Sie, warum Ihre Schwester Lorenzía die Kinder von Maria bei sich hat?« »Maria ist mir gegenüber immer etwas schweigsam. Sie denkt, ich plaudere alles aus. Nur weil ich die Jüngste bin. So ein Unsinn. Wegen Pão ist es. Die Kinder sind nämlich gar nicht von Francisco.« »Und warum sind sie gerade jetzt hier?« »Francisco ist in den letzten Wochen immer brutaler geworden. Da hat sie eben Angst bekommen.« »Hat Francisco die Kinder denn verprügelt?« »Oh ja. Er konnte eine unglaubliche Angst verbreiten. Ein schrecklicher Mensch war er.«

»Wann haben Sie Francisco zum letzten Mal lebend gesehen?« »Da muss ich kurz überlegen ... Moment. In diesen Fällen hilft mir immer ein kleiner Schluck Mandellikör. Darf ich mit Ihnen anstoßen?« Baptista war von dem Themenwechsel dermaßen überrascht, dass er wirklich mit Sophia anstieß und den Mandellikör trank. Er mochte Liköre im Allgemeinen nicht und er verabscheute sie nachmittags. »Nun?«, lenkte Baptista das Gespräch wieder auf das ernste Thema. »Am Vormittag kam er vorbei.« »Welcher Vormittag?« »Na an dem Mittwoch. Mittwochs ist Francisco immer gegenüber bei Jorge, wegen des Boxkampfes im Fernsehen. Davor schaut er immer kurz bei uns rein. So war das auch an diesem Mittwoch. Er war wie immer. Etwas fröhlich und leicht angetrunken.« »Sie hatten keinen Streit? Er hat auch nicht bei einem seiner Kinder vorbei gesehen?« »Doch, doch, da können Sie meine Schwester gleich fragen.« »Wissen Sie etwas von der Grotte?« Auf Sophias Gesicht huschte ein dunkler Schatten und die rosigen Wangen verschwanden für eine Sekunde. Dann hatte sie sich wieder im Griff. »Von einer Grotte weiß ich nichts. Auf Corvo gibt es viele Grotten.« »Sind Sie ganz sicher?« »Der Senhor Comissário, immer so ernst.«

Baptista wusste, dass Sophia nicht die Wahrheit sagte, aber er sah keine Möglichkeit, durch ihre Mauer hindurchzukommen. Sie schien ihm zu sehr von Lorenzía geprägt zu sein. Daher entschied er sich, sein Gespräch lieber dort weiter zu führen. Er verabschiedete sich höflich und ging nach nebenan. Diesmal war eindeutig auch Kindergeschrei zu vernehmen, als er gegen die Tür klopfte. Lorenzía rief ihn ins Wohnzimmer. Sie nähte an einer Tischdecke. »Entschuldigen Sie die Störung.« »Was gibt es Neues?«, fragte Lorenzía. »Es gibt inzwischen einige Spuren, denen ich nachgehe«, antwortete Baptista. »Es wäre sehr hilfreich, wenn Sie mir Ihre letzte Begegnung mit Francisco schildern würden. Wann haben Sie ihn das letzte Mal lebend gesehen?«

»Das war an dem Mittwoch, an dem er dann auch starb. Wegen des Boxmatches. Und natürlich wegen Luzía und der anderen Kinder.« »Wie würden Sie das Verhältnis zu seinen Kindern beschreiben?« Baptista begegnete Lorenzía Grazias hartem Blick. Keiner wich aus. »Senhor Baptista, Corvo ist nicht wie das Festland oder die anderen großen Inseln. Um hier zu überleben, ist es wichtig, bestimmte Grundregeln zu befolgen. Dazu gehört auch, dass man die schmutzige Wäsche nicht vor allen ausbreitet.« »Was meinen Sie damit?« »Das wissen Sie vermutlich doch schon von Maria. Franciscos Verhalten seinen Kindern gegenüber ist in keiner Hinsicht akzeptabel. Sie sind für ihn Arbeitstiere gewesen oder dienten ihm auf andere Weise zur Befriedigung seiner niedersten Bedürfnisse. Aber Francisco ist nun tot und hat dieses unselige Verhalten mit in sein Grab genommen. Und ich werde einen Teufel tun, einen Familienkrieg zwischen den Amarals und den Grazias heraufzubeschwören.«

Baptista machte die Redeweise von Lorenzía wütend. Es war dieses neutrale Zuschauen bei einem schlimmen Verbrechen, das er einfach nicht ertragen konnte. Dennoch wollte er das Gespräch möglichst ruhig weiterführen. »Was meinen Sie mit einem Familienkrieg?«, fragte er Lorenzía. »Sie fragen, wie man nur vom Kontinent aus fragen kann. Es gibt hier eine begrenzte Menge Land und nur sehr begrenzte Handlungsmöglichkeiten. Und weil es um Land geht, muss man in seiner Familie bleiben. Glauben Sie vielleicht, ich kann mit meinem Garten Geld verdienen? Wir Grazias haben nur sehr wenig eigenes Land. Die einzige, die wirklich etwas besitzt, ist Maria.« »Und wenn sie es verkaufen würde ...« »... hätten wir nichts mehr. Aber das macht nichts. Wir haben auch die Ländereien der Amarals mit geerbt. Darüber können wir zwar nicht verfügen, aber wir haben ein Arrangement mit den Amarals.« Baptista notierte sich etwas in sein Notizbuch. Dann blickte er zu Lorenzía auf. Er fror, wenn er sie ansah.

»Ich würde gerne mit den Kindern sprechen.« Lorenzía schien zu überlegen, ob sie sich einfach weigern sollte. Dann gab sie innerlich nach. »Warten Sie, ich rufe sie nach unten.« Lorenzía ging die Treppe nach oben. Baptista blickte sich in der Küche um. Was hatte diese Frau so verhärtet? Mehr als die beiden anderen Geschwister war sie auf den Zusammenhalt der Familie bedacht. Aber glücklich schien sie das nicht zu machen. Er hörte, wie Lorenzía den Kindern oben Anweisungen gab. Schließlich kamen sie die Treppe herunter. »Setzt euch dort auf die Bank«, wies Lorenzía die vier Kinder an. Baptista verglich die Gesichter im Kopf mit der Fotografie. »Ich würde die Kinder gerne alleine sprechen«, sagte er zu Lorenzía. Sie schaute ihn unverhohlen feindlich an und ging wortlos in den Garten.

»Mein Name ist Jao Baptista. Ich bin Comissário und soll herausfinden, wer euren Vater getötet hat. Es tut mir für euch schrecklich leid, dass ihr euren Vater verloren habt. Ich kann ihn nicht wieder lebendig machen. Aber ich sorge dafür, dass derjenige, der ihn getötet hat, so bestraft wird, wie es das Gesetz erfordert. Dazu brauche ich eure Hilfe.« Die vier dunklen Augenpaare schauten ihn an. Baptista glaubte hartnäckig, dass er mit Kindern nicht umgehen könne. Seiner Meinung nach suchten sie in einem Comissário immer einen Helden und er war kein Held. Vielleicht war es gerade dieses verzerrte Selbstbild, das ihn besonders einfühlsam werden ließ.

»Bitte sagt mir doch, wer von euch euren Vater zuletzt lebend gesehen hat.« Der kleine Christofero fing schüchtern zu sprechen an. »Ich war's. Ich habe Papa zuletzt gesehen. Als er nach dem Boxkampf kam. Da ist er betrunken gewesen.« »Und wo hast du ihn genau gesehen?«, fragte Baptista. »Er ging runter zum Meer.«

Baptista dachte kurz nach, ob er wirklich weiter fragen sollte. Aber ihm war bewusst, dass er keine Wahl hatte. »Kennt ihr die Grotte unten am Corao do Pico?« Die Kinder schauten sich alle kurz an. Die vierzehnjährige Andrea antwortete. »Nein, kennen wir nicht.« »Ihr wisst, dass ihr die Polizei nicht anlügen dürft?«, versuchte Baptista streng zu sagen. Aber keines der Kinder antwortete. Allerdings sah er, dass aus Luzías Augen eine dicke Träne rollte. »Bitte lasst mich mal mit eurer Schwester Luzía kurz alleine.« Er spürte, dass die anderen nicht gehen wollten. Schließlich gingen sie aber doch. Baptista schloss die beiden Türen und setzte sich zu Luzía.

Verdammt, wie soll ich dieses Gespräch führen, fragte er sich. Dazu braucht man doch einen Psychologen. Und eine Frau. Keinen zerknitterten Comissário. »Warst du mit Francisco manchmal in der Grotte?«, versuchte Baptista einen Anfang zu machen. Luzía schaute auf den Boden. Dann nickte sie. »Auch letzte Woche?« Wieder schaute sie nur auf den Boden. Dann nickte sie noch mal. »Hat dich Francisco angefasst?« Die Tränen begannen wieder zu rollen. Baptista konnte nicht anders. Er begann auch zu weinen. Er nahm Luzía in die Arme und spürte, dass sie ihre Hände um seinen dicken Bauch legte. So saßen sie einige Minuten da. Dann löste sich Baptista und kniete sich vor Luzía hin.

»Ich habe eine kleine Nichte. Sie ist beinahe so alt wie du. Sie spielt gerne Cello. Ich habe ihr damals ihr erstes Cello geschenkt. Letztes Jahr hörte sie plötzlich auf zu spielen. Sie hatte keinen Spaß mehr. Dann erzählte mir ihre Mutter, dass ihr Vater sie angefasst hat. Erst da habe ich verstanden, warum sie so traurig war. Ihr Vater ist ins Gefängnis gekommen. Letzte Woche hat sie wieder angefangen Cello zu spielen. Ich verspreche dir, dass ich alles dafür tun werde, damit du nie wieder Angst haben musst.« Er streichelte ihr über den Kopf und verbarg das Gefühl seiner Hilflosigkeit und die Unsicherheit darüber, wie er helfen könne. Würde es ihr etwas nützen, wenn sie wüsste, dass Francisco nicht ihr Vater war? Warum war die Welt so, wie sie war? Er strich noch mal über die tränennasse Wange. Dann schickte er Luzía zu ihrer Tante auf die Terrasse und ging zu den anderen Kindern. »Bitte seid sehr lieb zu Luzía. Sie braucht euch. Kümmert euch um sie und lasst sie nicht alleine.« Baptista brauchte Luft zum Atmen. Bevor er nach draußen ging, schaute er noch kurz zurück und sagte: »Und lügt keine Polizisten mehr an.« Dann ging er.

Er lief die kleine Gasse vor den beiden Häusern der Grazias entlang und dachte nach. Eine kleine Insel. Ein paar hundert Menschen. Keine Luftverschmutzung, keine Verkehrsstaus. Es könnte ein Paradies sein. Aber nein. Korruption, Kindesmissbrauch, Mord. Hier gab es alles, was er aus jeder Großstadt kannte. Wieder quälte ihn die Frage, was er als Comissário in dieser Situation eigentlich tun könne? Würde es etwas ändern, den Mörder zu finden? War es nicht gerecht, dass Francisco tot war? Delgado unterbrach ihn in seinen Gedanken.

»Hier sind Sie ja. Ich habe schon überall nach Ihnen gesucht. Mein Besuch bei Pão war nicht so einfach wie erwünscht. Er ist völlig ausgerastet. Nicht, dass ich überrascht gewesen bin. Aber ich wollte doch eine Blutprobe von ihm oder seine Blutgruppe. Er ließ mich jedoch kaum zu Wort kommen, sondern übergoss mich mit einem Schwall Schimpfwörter. Dann warf er mich raus und ging wutentbrannt zur Steilküste hinunter. Richtig verstanden, warum er so wütend war, habe ich nicht. Wie auch immer. Ich habe die Gelegenheit genutzt und in seinen Unterlagen gewühlt. Irgendwo habe ich dann einen Impfpass gefunden. Dort war auch die Blutgruppe. Raten Sie mal.« Triumphierend hielt Delgado inne. Dann zog er den Impfpass aus seiner Jackentasche. »Natürlich AB positiv. Also für mich eine klare Sache. Er muss einfach in den Mord verwickelt sein.«

Baptista sah sich den Impfpass an. Er dachte bei sich, dass es ungewöhnlich war, auf Corvo einen Impfpass zu besitzen. Möglicherweise plante Pão schon sehr lange, gemeinsam mit Maria und den Kindern auszuwandern. Im Moment gab es jedoch dringlichere Aufgaben. »Wir müssen dringend zu Franciscos Eltern.« »Ich hatte mich schon gewundert, ob Sie seine Eltern einfach vergessen haben.« »Ich wollte erst ein besseres Bild haben. Gespräche mit Eltern verstorbener Kinder sind immer sehr emotional. Da sollte man gut vorbereitet sein.« Delgado nickte und schlug vor, einfach zum Abendessen vorbei zu fahren. Baptista stimmte zu. Als er neben Delgado saß, musste er an dessen Frau denken. Diese Insel wurde für ihn immer mehr zum Gesicht von Maria Delgado.

Montagabend, 17. Juni

Es war ein langer Tag gewesen und er war noch immer nicht an seinem Ende. Baptista hatte das Gefühl, sehr nahe an der Lösung des Falls zu sein. Er wusste nun, dass er in keine Sackgasse lief, obwohl er immer noch eine Mauer am Ende des Weges sah. Vor der Mauer bog der Weg jedoch ab. Wenn er nur endlich um diese Ecke sehen könnte! So erlebte Baptista seine Arbeit immer wieder: als würde er den Ausgang aus einem Labyrinth suchen. Aber er konnte das Labyrinth nie von oben sehen. Er ging die Wege einzeln ab, wusste nicht, ob er schon einmal an dieser Stelle war und verzehrte sich danach zu wissen, was ihn hinter der nächsten Ecke erwartete.

Die Eltern von Francisco und Pão Amaral lebten in einem der kleinen Häuser in der Mitte von Vila Nova. Als Baptista in Begleitung von Delgado eintrat, sah er sofort, dass es sich um eine Aura von Macht und Gewalt handelte, die hier ausgestrahlt werden sollte. Ein altes Insignium mit einem Krähenkopf und einem roten hervorstechenden Auge zierte den Eingangsbereich. Es hing über einem riesigen Kristallspiegel. So wirkte der kleine Vorraum nicht eng und düster, sondern edel. »Hier sind Teo und Comissário Baptista«, rief Delgado in das Haus. Eine Stimme aus dem Wohnzimmer antwortete: »Der Delgado-Sohn. Herein.« Sie betraten das geschmackvoll eingerichtete Wohnzimmer. Auf dem Boden lag ein wertvoller Teppich, der die Schrittgeräusche dämpfte.

Die beiden Herrschaften saßen sich an einem überdimensionalen Holztisch gegenüber und warteten offensichtlich auf das Essen. Baptista war über den Reichtum sehr erstaunt. Aber auch das war einfach wie überall: es gab Arme und Reiche. Die Eltern schienen jedenfalls von ihrem Wohlstand nichts an ihre beiden Kinder abgegeben zu haben.

»Setzen Sie sich doch zu uns«, sagte die Frau des Hauses in einem fast überdeutlichen Tonfall. »Ich sage gleich in der Küche Bescheid, dass noch zwei Gedecke gebracht werden.« Baptista hatte den Impuls, das Angebot abzuwehren. Aber er unterdrückte ihn, weil er bereits erlebt hatte, was für Reaktionen eine Ablehnung hervorrufen kann. Baptista schüttelte die Hände der über Siebzigjährigen und sprach den beiden sein Beileid aus. In den faltendurchzogenen Gesichtern gab es keine merkliche Reaktion.

»Wann werden Ihre Ermittlungen abgeschlossen sein?«, fragte Hernandez Amaral. »Wir möchten unseren Sohn begraben dürfen.« »Ich hoffe, in den kommenden Tagen zum Abschluss kommen zu können. Allerdings ist es für einen Fremden nicht ganz einfach, sich in die besonderen Umstände hier einzudenken.« »Das kann ich mir vorstellen«, meinte Amaral. »Unsere Familien haben seit einigen hundert Jahren ein enges Seil geknüpft, das unsere kleine Insel daran hindert, über den Atlantik zu treiben. Wir stammen von den ersten Siedlern ab, die hier 1548 auf die Inseln kamen. Es waren Sklaven, die der Donatarkapitän Diogo de Teive freiließ, der als Lehnsherr für Flores und Corvo eingesetzt war. Sie hatten nichts außer einigen Ziegen. Und die Inseln waren leer. Keine essbaren Tiere, kaum Vegetation. Wir haben die Plünderer alle vertrieben. Sehen Sie nur, was wir aus unserem Land gemacht haben. Eine blühende Landschaft, einen Stützpunkt auf dem Weg zwischen den beiden Kontinenten.«

Baptista ertappte sich, wie er beinahe einschlief. Heroische Reden hatten auf ihn immer eine stark ermüdende Wirkung, obwohl sie durchaus auch interessant waren.

Aber sein Vater hatte ihn jahrelang mit kunsthistorischen Vorträgen am Frühstückstisch traktiert. So war Jao sehr froh, als eine wunderbar duftende Kartoffelsuppe serviert wurde und sich Amarals Rede nicht in die Details der einzelnen Jahrhunderte vertiefte. Eine kleine dickliche Frau mit rosigen Pausbacken, die Sophia nicht unähnlich war, brachte die dampfenden Teller herein. Man wünschte sich guten Appetit. Dann war nur noch das Klappern der Löffel zu hören.

Als er sich während des Essens umsah, irritierte Baptista etwas. Es dauerte einige Minuten, bis er wusste, was es war: das Briefpapier auf dem Sekretär. Es war das gleiche, das er bei sich im Hotelzimmer gefunden hatte. Offensichtlich hatten die Amarals ein erhebliches Interesse, da Silva anzuschwärzen. Warum? Baptista hatte mehrfach den Wunsch, ermittlungstechnische Fragen zu stellen, aber die unsichtbare Autorität des Familienoberhauptes hielt ihn davon ab. Erst nach einem ebenfalls sehr wohl schmeckenden Hauptgang gab Hernandez Amaral zu verstehen, dass nun Baptista das Gespräch steuern dürfe. »Was für Erkenntnisse haben Sie denn bisher gewonnen?«, fragte Hernandez.

»Es gibt im Moment noch sehr unterschiedliche Ermittlungsansätze. Haben Sie denn einen Verdacht, wer Ihren Sohn getötet haben könnte?« Amaral zündete sich mit visionärem Pathos eine Zigarre an. »Das habe ich mich auch gefragt. Wer könnte daran Interesse haben? Pão bekommt die ganze Erbschaft. Aber Pão interessiert sich nicht für Geld. Es ist wahr, er mochte seinen Bruder nicht. Aber Pão hat sich auf die andere Seite der Insel zurückgezogen und hat ihn noch nicht einmal zufällig sehen können.« Genüsslich rauchte er seine Zigarre, als ginge es nicht um seinen Sohn, sondern als spräche man von einem Aktiengeschäft.

Diese Gelegenheit nutzte seine Frau, um auch etwas zu sagen. Sie war die ganze Zeit still gewesen. Baptista sah aber selbst auf die große Entfernung ein unruhiges Glitzern in ihren Augen.

»Mein Sohn hatte immer Angst vor den Verwaltungsleuten. Sie nehmen uns einfachen Landwirten den Boden weg. Wir würden niemals auch nur eine Krume verkaufen.« Die Herrin des Hauses unterstrich ihre Worte mit dramatischen Gesten. Baptista fand auch diese Bemerkung erstaunlich kühl und berechnend. Ihm fiel ein, dass Senhora Lancha ihm erzählte, dass die Verwaltungsposten auf der Insel neben den Ernestãos auch von den Delgados besetzt werden. Als er Delgados Gesicht ansah, konnte er sehen, dass er nicht mit einem verbalen Angriff gerechnet hatte. Er verzog sein Gesicht, als hätte er auf eine Zitrone gebissen. Wie mochte es wohl für Delgado sein, diese Untersuchung zu begleiten?

»Was meine Frau sagen möchte«, erklärte unnötigerweise Senhor Amaral, »ist nur, dass hier ein Komplott gegen meine Familie und die befreundeten Grazias vorliegen muss. Da Silvas Vater ist ein Cousin von Delgados Vater. Und nun will da Silva mit seinem Drogengeld unser Land kaufen. Francisco hat ihm diesbezüglich die Meinung gesagt. Sehr deutlich.« Baptista konnte an den Gesten Amarals sehen, dass seine Worte wohl überlegt waren. Er hatte sicher mit einem Besuch gerechnet. Nun legte er Spuren, die seinen Interessen dienen sollten. Jao hasste diese Menschen. Kühle, immer überlegene Strategen, die sich nie in die Niederungen des menschlichen Lebens begeben würden. Menschen, deren primäres Ziel die Ansammlung oder Wahrung von Macht war.

Der Kaffee wurde mit einer Auswahl feiner Pralinen serviert. Amaral drückte seine Zigarre in einem Aschenbecher aus. »Ich habe am Abend seines Todes eine Unterredung mit Francisco gehabt. Es ging um die Zukunft unserer Familie. Er erzählte mir, dass da Silva bei ihm gewesen sei und Land kaufen wollte. Für ein unsinniges Touristen-Vorhaben. Das ist alles nur Schein. Da Silva will uns zerstören.« Amaral sah feindselig zu Delgado. Der drückte sich noch weiter in das Polster des Stuhls. »Er rief da Silva noch von hier aus an, um ihm abzusagen. Stunden später ist er tot. Muss man noch weiter recherchieren?«

Baptista entschloss sich, nun zum Angriff überzugehen. »Wir haben die wahrscheinliche Mordwaffe gefunden. Sie lag in einer Grotte am Corao do Pico. Und noch etwas lag dort, die Unterhose von Luzía.« Baptista hielt inne und überprüfte die Wirkung seiner Worte. Lediglich die Frau Amarals schaute angewidert zur Seite. Baptista fuhr fort: »Sie reden ständig von Immobilien. Ihr Sohn hatte eine dunkle Seite, von der viele wussten. Wann haben Sie hier ihr Gespräch geführt, Senhor Amaral?« Hernandez Amaral wurde sichtlich wütend. Er stand auf und lief unruhig hin und her, bevor er antwortete. »Es war um neun Uhr. Fragen Sie doch Junita.« Er rief die Köchin, zog sie etwas grob in den Raum. »Sagen Sie ihm, wann Francisco hier war.« Die verschüchterte Junita wischte sich ihre vom Abwaschwasser nassen Hände an der Schürze ab. »Es war so, wie Senhor Amaral sagt. Um neun Uhr.« Dann machte sie einen Knicks und verschwand wieder in die Küche.

»Herr Baptista, Sie haben Dinge gesagt, die offensichtlich eine weitere Zerstörung meiner Familie zum Ziel haben. Passen Sie jetzt gut auf: Wir leben hier nicht seit beinahe fünfhundert Jahren auf dieser Insel, damit irgendjemand vom Kontinent uns etwas über Moral erzählt. Francisco hat eine Frau geheiratet, die ihren ehelichen Pflichten nicht nachkam. Sie war es, die meinen Sohn in die Ecke gedrängt hat. Wir haben hier keine Hurenhäuser wie bei Ihnen um die Ecke, Senhor Baptista. Und wenn ich meinen Sohn dabei erwischt hätte, wie er seinen Kindern etwas antut, hätte ich ihn verprügelt. Aber Sie haben, verdammt noch mal, kein Recht, über dieses Leben zu richten. Und nun verschwinden Sie aus meinem Haus.«

Nun wurde Baptista wütend: »Ich habe kein Recht, über Ihr oder Franciscos Leben zu urteilen. Deswegen bin ich nicht hier. Aber glauben Sie nicht, Sie selbst könnten es! Es gibt Gesetze und Grundrechte! Dass diese Rechte für alle Menschen gelten – auf den Azoren oder den Fidschi-Inseln – haben Menschen in aller Welt ihr Leben lassen müssen. Und dieses Opfer zu verteidigen, ist meine Aufgabe und ich werde keine Sekunde eher gehen, bis auch Franciscos Taten und die seines Mörders unter die Gerichtsbarkeit fallen.« Baptista und Delgado gingen ohne weitere Aufforderung. Jao ließ die Tür hörbar zufallen und setzte sich in Delgados Wagen. »Lassen Sie uns noch etwas im Caldeirão trinken gehen. Sonst kann ich nicht einschlafen.« Delgado nickte.

Das Restaurant machte nachts einen ganz anderen Eindruck, als tagsüber. Es war unbeschwert und laut. Sie setzten sich an die Bar und bestellten zwei Whisky. »Wie halten Sie das eigentlich hier aus?«, fragte Baptista Delgado. »Keine einfache Frage.« »Haben Sie Amaral schon öfter so erlebt?« »Nun ja. Ich meide den Kontakt mit ihm. Es gab vor vielen Jahrzehnten einen Streit zwischen den Amarals und den Delgados. Niemand weiß, worum es damals ging. Seitdem sind die Familien verfeindet. Aber versuchen Sie das mal auf einer kleinen Insel! Wir können uns kaum aus dem Weg gehen.« »Wie schrecklich. Da Sie doch Verwaltungsaufgaben haben, müssen Sie wahrscheinlich öfter auch Formalien für die Amarals erledigen.« »Das hält sich zum Glück in Grenzen.« Delgado hielt inne. »Ah. Da ist unser Bürgermeister. Kommen Sie. Ich stelle Sie vor.« Sie gingen an einen Tisch mit einem sehr seriös wirkenden Herr. »Boa tarde, José. Das hier ist Jao Baptista, der Commisário.« »Sehr erfreut. Ich darf Sie doch Jao nennen? Setzen Sie sich doch. Trotz des Mordes musste ich bis heute Morgen bei meinen Kindern in Florida weilen. Sie haben ihr College beendet. Und mein guter Teo hat Sie sicher perfekt durch das Labyrinth geführt. Haben Sie eigentlich schon von unserer Spezialität probiert?« Vor Senhor José Calados war ein Teller mit lecker aufgespießten Käsestücken, die man als Happen zum Wein essen konnte. »Alle Besucher müssen unseren hausgemachten Käse probieren. Im Moment wird gerade eine Käserei gebaut. Dann werden wir Weltmarktführer für Käse aus Corvo.« Der Bürgermeister zwinkerte ihm zu. »Nein im Ernst. Unsere 1100 Rinder halten uns nicht so richtig über Wasser.« Baptista nahm ein Stück von dem Käse und war angenehm überrascht von dem milden und zugleich intensiven Geschmack.

»Wie geht es mit den Ermittlungen voran? Für die Tourismusbranche gibt das keine guten Schlagzeilen. Wir sollten das Thema möglichst schnell aus der Welt haben.« »Ich tue mein bestes.« Delgado schaltete sich ein: »Wir haben heute Amarals einen Besuch abgestattet.« »Und sie haben euch lebend rausgelassen?« Der Bürgermeister lachte. »Na ja, was soll man machen? Das Leben auf einem Vulkan verändert die Menschen eben. Ach Jao, kommen Sie doch morgen in mein Büro. Ich würde gerne noch einiges mit Ihnen besprechen. Vielleicht gegen elf Uhr. Da passt es immer.«

Als sie wieder an der Bar bei ihrem zweiten Whisky waren, fragte Baptista: »Sagen Sie, Senhor Delgado, sind

Sie wirklich mit da Silva verwandt?« »Auf Corvo und Flores sind alle miteinander verwandt. In den letzten fünfhundert Jahren hat jeder schon mal mit jedem, wenn Sie verstehen, was ich meine. Jetzt aber genug von diesem grässlichen Tag. Wo wir hier so an der Bar sitzen: Nennen Sie mich doch bitte Teo.« Baptista mochte es nicht, sich mit Arbeitskollegen zu duzen. Er war in seinem Team für diese Zurückhaltung bekannt, aber er hatte seine Gründe. Es spiegelte immer eine Vertraulichkeit vor, die dann oftmals nicht einzulösen war. Aber hier auf Corvo entschloss er sich bei seinem zweiten Glas Whisky und einem in der Tat schrecklichen Tag, diesen Grundsatz aufzugeben. »Freut mich Teo. Danke, dass Sie mir hier den Einstieg nicht so schwer gemacht haben.«

»Ich war sehr skeptisch, als Sie hier reinplatzten. Aber meine Frau war von Ihnen so begeistert, dass ich es mir noch einmal anders überlegt habe.« Teo Delgado zwinkerte ihm zu. »Sind Sie eigentlich verheiratet?« »Das ist wirklich ein schlechtes Thema. Frauen in der Polizei sind wirklich wunderbar. Sie haben einen unglaublichen Spürsinn für die Dinge unter der Oberfläche. Aber privat habe ich sie nie verstehen können.« »Das geht mir genauso. Aber verheiratet bin ich trotzdem!« Die beiden lachten. Nach beinahe einer Woche war das ihr erstes wirklich privates Gespräch und sie stellten fest, dass sie sich durchaus sympathisch waren. Bald waren sie hundemüde. Delgado brachte Baptista noch zu seinem Zimmer und fuhr dann selbst in leichten Schlangenlinien nach Hause.

Mitten in der Nacht schreckte Jao Baptista auf. Er hatte einen Brummschädel. Was war geschehen? Er hatte einen schlechten Traum von einem Raben, der einem gefesselten Mädchen die Augen aushackte. Jao fuchtelte wild mit den Armen, aber der Rabe ignorierte ihn und setzte sich auf das Gesicht des Mädchens. Da wachte er auf. Er stand auf, um sich ein Glas Wasser zu nehmen. Als er mit dem Fuß auf den Boden trat, durchzuckte ihn ein stechender Schmerz. Den Fuß hatte er völlig vergessen. Nun hatte er sich zurückgemeldet. Humpelnd ging Baptista zum Wasserhahn. Er wollte vermeiden Licht zu machen und hielt das Glas auf Vermutung unter den Wasserhahn. Natürlich hatte er falsch vermutet. Das Wasser spritzte unkontrolliert herum und durchnässte seinen Schlafanzug. Baptista fluchte. Er ging zum Schrank und nahm einen anderen Schlafanzug heraus. Dabei stieß er mit seiner Stirn gegen die Schranktür. Verzweifelt setzte er sich auf das Bett. Ganz vorsichtig zog er die nassen Sachen aus und legte sich ins Bett. Gerade als er einschlafen wollte, fiel ihm ein, dass er kein Wasser getrunken hatte. Also stand er noch mal auf. Diesmal machte er Licht. Er trank und legte sich wieder ins Bett.

Nun war er hellwach. Vor seinem Auge tauchte der Rabe wieder auf. Wo hatte er ihn gesehen? Dann fiel es ihm ein: auf dem Emblem in Amarals Wohnung. Ein Familienwappen. War es das Wappen der Amarals oder gab es hier womöglich auch Logen, verborgene Vereinigungen? Baptista wischte den Gedanken beiseite. Es war vier Uhr morgens. Sein Kopf pochte. Hoffentlich würde sein Gesicht morgen ansehnlich sein. Aber der Gedanke an das Wappen ging ihm nicht aus dem Kopf. Hernandez Amaral hatte geredet, als ob er jahrhundertealte Pläne hätte. Vielleicht war alles nur das Geplapper eines alten störrischen Familienvaters. Könnte da Silvas unerwarteter Aufstieg nicht die Pläne der Amarals durchkreuzt haben?

Immer noch schwankte Baptista, ob es bei diesem Fall um Geld, Macht oder Ehre ging. Nach seiner Erfahrung waren das die wichtigsten Triebfedern bei Verbrechen.

Natürlich gab es auch Verbrechen im Affekt. Aber war nicht sogar dann das Dreigestirn aus Geld, Macht und Ehre die Quelle des Übels? Letztlich wurde ein Verbrechen zumeist aus allen drei Quellen gespeist und eine davon sprudelte stärker als die anderen. Beim Tod Franciscos waren sehr viele Fäden ineinander versponnen. Und bei einem war er sich inzwischen sicher: Es gab auf Corvo niemanden, der diesen Mord aufklären wollte. Deswegen hatte man auch ihn hierher beordert. Einen Fremden, der sich nicht auskennt und mit Sicherheit den Fall nicht lösen kann.

Baptista machte das Licht erneut an, stand auf und setzte sich an den kleinen Tisch. Dort versuchte er, den letzten Tag von Franciscos Leben zu rekonstruieren. Es war Mittwoch. Francisco hatte wahrscheinlich morgens auf dem Feld gearbeitet. Dann besuchte er die Kinder bei seiner Schwägerin und ging in die Kneipe auf der anderen Straßenseite, um sich den Boxkampf anzusehen. Anschließend holte er Luzía und nahm sie zur Grotte mit. Am Abend besuchte er seinen Vater und hatte mit ihm die Unterredung über da Silva, wonach er da Silva anrief. Mit mehr oder weniger guter Stimmung lief er dann zum Hafen und betrank sich. Im Anschluss musste er nochmals zur Grotte gegangen sein und wurde dort getötet.

Aus Franciscos Sicht war es wahrscheinlich ein ganz normaler Tag. Lediglich die Absage von da Silvas Landkaufplänen dürfte für ihn etwas Besonderes gewesen sein. Warum musste er an diesem Tag sterben? In dem Dossier über Francisco Amaral wurden als Todesursache die Messerstiche erwähnt. Der dumpfe Gegenstand war vermutlich zuvor eingesetzt worden. Das blutige Vulkangestein, das Baptista gefunden hatte, könnte dieser Gegenstand gewesen sein. Wie kam dieser Stein in Pãos Nähe? Es machte ihn zu einem Hauptverdächtigen. Andererseits hatte Pão ihn sehr gut behandelt. Er konnte sich einfach nicht vorstellen, dass er seinen eigenen Bruder ermordet hatte. Morgen würde er ihn noch mal besuchen. Vielleicht ließ sich doch noch ein vernünftiges Gespräch mit ihm führen. Warum ging Francisco mitten in der Nacht noch mal in die Grotte? Über diese Frage fielen Baptista die Augen wieder zu. Er schlief mit dem Kopf auf dem Tisch ein.

Dienstagmorgen, 18. Juni

Baptista wurde von einem Hämmern und Klopfen geweckt. Sein Nacken schmerzte fürchterlich von der ungünstigen Schlafhaltung am Schreibtisch. Als er verschlafen ans Fenster ging, sah er, dass für das Festa do São Pedro am Sonntag Girlanden aufgehängt wurden. Die Uhr zeigte an, dass es sehr spät war. Dann blickte er zum Rasieren in den Spiegel und erschrak. Seine Stirn war an einer Stelle blutig und sehr druckempfindlich, wie er beim Waschen feststellen musste. Durch den Schlaf am Schreibtisch war der Bluterguss zu seinem Auge heruntergewandert und färbte es blau. Er sah aus, als hätte er sich geprügelt. Außerdem machte ihm sein nun geschwollener Knöchel zu schaffen. Ich bin ein Wrack, dachte er bei sich. Er zog sich unter Schmerzen an und ging nach unten.

Senhora Lancha erschrak, als sie ihn sah. »Sind Sie in eine Schlägerei geraten?« »Es ist nichts. Ich habe mich heute Nacht ungünstig am Schrank gestoßen.« »Warten Sie.« Sie verschwand und kam mit einer grünlichen Mentholpaste wieder. »Das ist Pferdesalbe. Die hilft. Ich tupfe Ihnen etwas auf die Stirn. Sie sollten auch etwas auf den Knöchel tun. Das ist seit gestern nicht besser geworden. Aber passen Sie auf, dass Sie es nicht verreiben. Wenn das Menthol auf eine offene Stelle gelangt, brennt es furchtbar.« Während Baptista den üblichen Bolo zum Galão aß, trat die entspannende Wirkung ein.

Auch Delgado schreckte zurück, als er ihn abholte. Nach der Erklärung war er jedoch sichtlich beruhigt. »Haben Sie schon einen Plan für heute gemacht?« »Ich muss noch mal mit Pão reden. Vielleicht ist er zu mir etwas freundlicher. Und zum Bürgermeister soll ich kurz. Heute Nachmittag habe ich mir frei genommen. So kann ich ja nicht unter Menschen gehen.« »Das ist eine gute Idee«, meldete sich Senhora Lancha zu Wort. Er zog unter herzlichstem Beileid der Anwesenden seinen Schuh aus und bestrich seinen Knöchel noch einmal mit Pferdesalbe. Dann humpelte er zu Delgados Auto und sie fuhren los.

Sie hielten auf dem Weg zu Pão wieder an der gleichen Stelle. »Lassen Sie mich alleine zu ihm«, sagte Baptista. »Sonst regt er sich wieder so auf.« Delgado war einverstanden. Baptista humpelte unter Schmerzen zu dem Anbau an der Mühle. Er klopfte und trat ein. Pão saß an dem großen Holztisch in der Mitte des Raums und reparierte ein Gerät, das Baptista noch nie gesehen hatte. »Darf ich hereinkommen?« »Sie sind doch schon drin.« »Vielen Dank für Ihre Hilfe vor einigen Tagen. Ohne Sie wäre ich wohl nicht wieder auf die Beine gekommen.« »Besonders vorsichtig sind Sie in dieser Zeit Ihrem Gesicht nach zu urteilen nicht mit sich umgegangen. Das ist Ihr Problem. Sagen Sie, was Sie wollen. Und dann lassen Sie mir meine Probleme und meinen Frieden.« »Maria hat mir erzählt, dass Sie der Vater ihrer Kinder sind.« »Ist das verboten?« »In Franciscos Grotte haben wir Anzeichen dafür gefunden, dass er sich an Luzía vergangen hat.« Pão stand abrupt auf. Er nahm aus der Werkzeugkiste einen Hammer und schlug damit wütend auf den Tisch. »Mein Bruder ist ein Schwein gewesen. Aber er ist nicht der einzige, der den Tod verdient.« »Haben Sie ihn in der Grotte erwischt?« »Ich habe ihn letzte Woche mit Luzía gesehen, nachmittags. Aber ich habe ihn nicht getötet.« An Pãos Hals traten die Adern vor Wut hervor. »Dreckschwein. Vor zwei Monaten hatte mir Maria ihren Verdacht erzählt. Im ersten Moment konnte ich es nicht glauben. Ich habe sie sogar beschimpft. Aber es ließ mir keine Ruhe. Ich habe Francisco genau beobachtet und zwei Tage später habe ich gesehen, wie er mit Luzía vom Hof wegging. Ich bin den beiden gefolgt. Meine Tochter lachte manchmal, dann wollte sie wieder umdrehen und nach Hause. Aber er zerrte sie einfach mit zur Grotte.« In Pãos Augen sammelten sich Tränen. »Sie ist doch so klein. Sie hat niemandem etwas getan.« Er wischte sich die Tränen weg.

»Ich bin in die Grotte gestürmt und dann sah ich, wie er ihre Unterhose auszog, meiner süßen Tochter. Sein Gürtel war schon auf. Nie werde ich diesen Moment vergessen. Ich habe mit aller Wut, die ich hatte, auf ihn eingeschlagen. Aber Francisco war stärker als ich. Wir haben miteinander gerungen. Luzía schrie und lief weg. Mit zerschundenem Gesicht erzählte ich es Maria und wir entschieden, dass die Kinder sofort weg müssen.«

Baptista war innerlich ganz leer, seine Seele wie ausgebrannt. Es gab eine unaussprechbare Verzweiflung, von der er nicht wusste, wie er ihr begegnen konnte. So blieb er einfach still sitzen und sah auf den Küchentisch. Pão war in sich versunken, sprang aber plötzlich wieder auf: »Natürlich wusste ich, dass er es wieder versuchen würde. Also haben wir einen Weg gesucht, die Insel zu verlassen. Und da Silva hat ihn uns endlich geboten. Francisco versuchte es seitdem wieder und wieder. Und dann ...« Pão stockte im Reden. »Es geht hier um viel, viel Geld. Mehr als Sie sich vorstellen können. Meine kleine Luzía interessiert niemanden. Wir werden alle sterben, weil wir zu viel wissen. Und Sie sollten auch hier weg. Wenn Sie verstehen, was hier passiert, werden Sie auch sterben!« »Niemand wird mehr sterben. Erzählen Sie mir, was geschehen ist und ich verspreche Ihnen jeden Schutz, den Sie bekommen wollen.« Pão schwieg. Er rang mit sich.

»Erst am Sonntag. Dann sind alle in Sicherheit. Kommen Sie am Sonntag zu mir, nach der Messe. Da erfahren Sie alles. Besorgen Sie uns eine neue Identität in den USA und etwas Geld.«

Baptista versuchte an Pãos Gesicht zu sehen, ob er einfach nur bluffte oder tatsächlich etwas dermaßen Wichtiges zu erzählen hatte. Aber Pão blieb undurchschaubar. »Ich werde sehen, was ich für Sie tun kann«, sagte Baptista. »Am Sonntag nach der Messe komme ich zu Ihnen.« Dann gab er Pão den Impfpass zurück, den Delgado entwendet hatte. Pão quittierte die Übergabe mit einem feindseligen Blick. Baptista verabschiedete sich knapp. Langsam humpelte er zum Wagen zurück.

»Wie ist es gelaufen?«, fragte Delgado. »Ich weiß es noch nicht«, antwortete Delgado. »Pão wird erst Sonntag das Geheimnis lüften. Bis dahin müssen wir warten.« Delgado schüttelte den Kopf, ließ den Wagen an und sie fuhren nach Vila Nova zurück. Auf der Fahrt schwiegen sie sich an. Delgado spürte, dass Baptista ihn nicht einweihen wollte. Also fragte er nicht. Nach einer Viertelstunde waren sie vor dem Rathaus. »Danke Teo. Ich rede kurz mit dem Bürgermeister, dann mache ich den Nachmittag frei. Den Weg zum Hotel finde ich« »Wenn Sie möchten, kommen Sie doch heute Abend zum Essen. Meine Frau freut sich.« »Danke, ich komme gerne.« Baptista stieg aus und ging auf das einfache Gebäude zu. Nur am großen Amtsschild ließ es sich als Rathaus erkennen. Das Haus unterschied sich sonst nicht von den anderen Wohnhäusern. Lediglich ein Detail war auffällig: Das Haus hatte eine richtige Tür. Und sie war verschlossen. Baptista klopfte. Der Bürgermeister José Calados kam und öffnete.

»Bom dia, Senhor Baptista. Kommen Sie herein. Ich habe gerade einen Kaffee aufgesetzt. Und wer trinkt den schon gerne alleine?« Baptista trat in die einfache Amtsstube. Sie bestand aus drei kleinen Räumen, von denen einer das Büro war. Dann gab es ein Besucherzimmer und ein Archiv. An den Türen stand dies jeweils angeschrieben. Der Bürgermeister führte ihn in sein Büro. »Was ist mit Ihrem Gesicht geschehen? Und Sie humpeln? Wenn ich Sie nicht gestern selbst im Caldeirão gesehen hätte, würde ich denken, dass Sie eine Prügelei hinter sich hätten.« »Aber nein. Ich bin dummerweise gestern Nacht gestürzt, als ich im Dunkeln das Bad suchte.«

»Mögen Sie den Kaffee mit Milch und Zucker?« »Nur Milch bitte.« »Schön, dass wir nun Zeit finden, uns einmal in Ruhe zu unterhalten.« Calados servierte den Kaffee. »Ich hoffe, Sie können neben den beruflichen Aufgaben auch ein wenig die schönen Seiten des Insellebens genießen.« »Oh ja. Diese Insel hat wirklich eine einzigartige Atmosphäre. Doch leider ist der Anlass zu traurig, um ihn für vergnügliche Stunden ignorieren zu können.« »Für mich ist es eine große Ehre, dass wir jemanden vom Kontinent aus dem gehobenen Dienst hier haben. Ich glaube, Sie sind der erste Beamte aus dem gehobenen Dienst, der je unsere Insel besucht hat. Nun ja, es gab zum Glück auch wenig Anlässe dafür.« Calados nippte an seinem Kaffee, bevor er fortfuhr.

»Lassen Sie mich ganz offen zu Ihnen sein. Seit beinahe fünfhundert Jahren leben die Bewohner dieser Insel in großer Armut. Das hat sich erst durch den Beitritt Portugals in die EU geändert. Wir erhalten seitdem erkleckliche Mittel aus der Förderung für strukturschwache Regionen. Aber wir wollen uns selbst finanzieren. Durch die Abhängigkeit von Tourismus und Landwirtschaft haben wir keine einzige kontinuierliche Einnahmequelle. Geht der Preis für Rindfleisch hoch, freuen wir uns. Geht er runter, ärgern wir uns. Ändern kann man daran nichts. Aber fünf-hundert Jahre sind genug. Wir haben große Pläne. So errichten wir zum Beispiel die Käsefabrik für unseren sehr schmackhaften corvianischen Käse. Aber nicht nur das. Ein Investor möchte hier ein größeres Touristen-Reservat errichten. Und möglicherweise lassen sich auch die Vulkanerze bei den hohen Rohstoffpreisen derzeit sinnvoll verwerten.«

»Warum erzählen Sie mir das alles?«, unterbrach ihn Baptista. »Mir ist wichtig, dass Sie verstehen, in welcher sensiblen Phase wir uns befinden. Schlechte Schlagzeilen würden den gesamten Prozess des wirtschaftlichen Aufbaus stören oder gar zum Erliegen bringen.« »Was hat das mit mir zu tun?« »Da Sie die Wirkung Ihrer Ergebnisse vermutlich nicht exakt einschätzen können, bitte ich Sie, die Erkenntnisse mir als einzigem zu berichten. Weder Delgado noch sonst jemand sollte vor mir erfahren, was Sie herausfinden. Ich werde dann entscheiden, was mit den Ergebnissen zu geschehen hat.« Baptista schaute Calados mit großen Augen an. Offensichtlich wollte ihm Calados einen Maulkorb verpassen. Baptista war sich nicht sicher, inwieweit der Bürgermeister hier eine Weisungsbefugnis ihm gegenüber hatte. Er würde gleich morgen seinen Chef fragen. Denn er wollte sich nicht unnötig unter Druck setzen lassen. Es machte ihn auch wütend, so angesprochen zu werden. Er sagte: »Bei allem Respekt, aber ich bin nur der Wahrheit verpflichtet. Auf politische Spielchen werde ich mich nicht einlassen.«

»Ich wusste, dass Sie so reagieren. Dass zeichnet Sie als guten Comissário aus. Die Wahrheit wollte ich auch nicht in irgendeiner Weise verfälscht wissen. Aber die Art und Weise, wie sie nach außen getragen wird, kann doch entscheidend sein. Und ich möchte diese Art und Weise kontrollieren. Wir sind zwar nur klein, aber haben das Stadtrecht. Als Bürgermeister dieser Stadt möchte ich das Wohl der nächsten fünfhundert Jahre nicht wegen unbedachter Äußerungen aufs Spiel setzen.« Baptista wollte erneut widersprechen, doch Calados hatte offenbar seine Botschaft nun verkündet und schickte Baptista hinaus, weil er nun zu tun habe.

Baptista ging gegenüber in eine Bar und aß ein Sandwich. Der Besitzer starrte auf seine blauen Flecken, traute sich aber nicht zu fragen. Dann humpelte er in Gedanken zum Hotel zurück. Warum wollte ihn Calados kontrollieren? War er oder seine Familie etwa auch in den Fall verwickelt? Im Hotel rief er zunächst seinen Chef an. Er erzählte ihm kurz den Stand der Dinge. Wie üblich interessierte ihn das nur sehr am Rand, da er mit den politischen Querelen bei Europol voll ausgelastet war. Baptista fragte ihn, wie er sich gegenüber Calados verhalten solle.

Sein Chef gab ihm eine seiner üblichen diplomatischen Antworten. Formell sei nur er, sein Chef, weisungsbefugt. Aber Baptista sei im Moment im Rahmen einer Amtshilfe ausgeliehen. Daher könne der oberste Dienstherr der Stadt natürlich nicht ignoriert werden. Baptista solle sich doch der Situation angemessen verhalten. Schließlich sei er alt genug dafür. Und dann hatte sein Chef keine Zeit mehr und legte auf. Diesen Anruf hätte er sich auch sparen können, dachte er bei sich. Mühselig kämpfte er sich mit seinem schmerzenden Fuß die Treppe nach oben. Senhora Lancha hatte ihm freundlicherweise etwas Pferdesalbe auf den Tisch gestellt. Er rieb seinen Knöchel damit ein und betupfte vorsichtig die Stirn. Natürlich kam er mit der Mentholpaste auch an die verschorfte Wunde, was einen stechenden Schmerz durch seinen Kopf rasen ließ. Erst nach einigen Minuten verschwand der Schmerz.

Baptista legte sich müde auf das Bett. Er schlief bis in den Nachmittag.

Dienstagnachmittag, 18. Juni

Jao wachte von einem lauten Knallgeräusch auf. Im ersten Moment dachte er, es sei auf ihn geschossen worden. Namen rasten durch seinen Kopf: Der Bürgermeister, Hernandez Amaral, Bastelio. Niemand war jedoch im Zimmer und auch die Fensterscheibe war nicht beschädigt. Auf der Scheibe war jedoch ein Fleck zu sehen, der ihm bisher nicht aufgefallen war. Er öffnete die Scheibe und sah nach, ob etwas zu erkennen war. Unten saß ein vielleicht 50 cm großer Vogel. Er sah einer Möwe nicht unähnlich, war jedoch auf der Oberseite braun gefärbt und hatte einen gelben Schnabel. Der Vogel war offensichtlich gegen seine Scheibe geflogen. Er saß nun desorientiert auf dem Rasen und schien nicht zu wissen, was zu tun sei. Baptista konnte den Anblick nicht ertragen. Er humpelte nach unten und bat Senhora Lancha um Hilfe. Die war sofort im Bilde. »Das ist ein Sturmtaucher. Eigentlich kommen die nur nachts. Haben Sie nicht die gellenden Schreie gehört? Die stammen von diesen Vögeln. Unser Exemplar ist wohl ein Frühaufsteher.« Sie lächelte in sich hinein. »Man muss ihm aufhelfen. Sonst verendet er.« Mit diesen Worten griff sie den Vogel beherzt und warf ihn hoch in die Luft. Sofort schienen die angeborenen Instinkte zu greifen und der Sturmtaucher begann mit den Flügeln zu schlagen. »Das Licht zieht sie nachts an. Dann rasen sie gegen die Scheiben. Wahrscheinlich hat sich die Sonne in Ihrer Fensterscheibe reflektiert.«

Baptista war nun jedenfalls wach. Er entschied sich, seinen freien Nachmittag am Hafen zu verbringen. Bis dort würde er es zu Fuß schaffen. Am Abend würde er auch das Haus von Delgado erreichen können. Ein größerer Radius schien im Moment nicht angebracht. Das Wetter war gut. Er zog seine leichte Windjacke an und humpelte in Richtung Hafen durch die verwinkelten Straßen. Baptista drängte den Fall aus seinem Kopf. Er brauchte Abstand, sonst würde er nicht verstehen, worum es ging.

Zwei Kinder spielten Fußball in einer der engen Gassen. Von Weitem beobachtete er ihr unbefangenes Spiel. Sie alle gehören zu einer großen Familie, den Corvianern. Alle Menschen, die hier geboren werden, gehören in diese Familie. Wahrscheinlich kommt man sein Leben lang nicht davon los. Aber war er von seiner Familie losgekommen? Corvo oder Tokio, gab es wirklich einen Unterschied? Die Menschen schienen ihm in diesem Augenblick einander sehr ähnlich zu sein. Aus einem kleinen Laden kam ein bekanntes Gesicht, Maria, die Frau von Delgado.

»Jao«, rief sie, »was für eine Überraschung. Deswegen war Teo heute zu Hause. Sie haben einen freien Nachmittag. Was haben Sie denn mit Ihrem Gesicht angestellt?« Maria wartete die Antwort nicht ab und fuhr fort: »Helfen Sie mir doch tragen. Die Tomaten sind schwer.« Baptista ergriff die Tüte mit den Einkäufen. Sie war in der Tat sehr schwer. »Heute Nacht bin ich gegen den Schrank gerannt. Aber es wird schon besser. Was haben Sie denn in der Tasche? Goldbarren?« Maria schmunzelte. Dann sah sie, wie Jao loshumpelte. »Geben Sie wieder her. Sie sind ja ein Invalide.« Sie nahm ihm die Tasche aus der Hand. Dabei fiel ein Joghurt heraus, riss auf und kleckerte über seine Hose. Baptista sprang erschrocken zurück. »So ein Mist«, rief Maria. »Lassen Sie uns kurz zu Ihnen gehen. Ich wasche es gleich aus.« Baptista war noch immer etwas erschrocken und folgte Maria. Als die beiden sich dann aber dem Hotel näherten, hatte er plötzlich Skrupel, ob es für sie beide wirklich gut sein würde, wenn Maria mit nach oben käme. Das interessierte Maria aber nicht im Geringsten.

Sie stürmte in das Zimmer und ließ Wasser in das Waschbecken. »Hose aus. Keine falsche Scham, sonst ist sie hin.« Vorsichtig zog Baptista die Hose über seinen schmerzenden Fuß. Dann saß er in seiner Unterhose auf dem Bett und sah Maria zu, wie sie versuchte, die Flecken zu entfernen. »Es war übrigens Aprikosenjoghurt«, lachte sie. In drei Durchgängen wusch sie die Hose aus und hängte sie geschickt auf einen Haken. Dann setzte sie sich neben Baptista. »Zeigen Sie mal Ihr Gesicht. Sie sind aber auch ein richtiger Tollpatsch.« Maria beugte sich auf die andere Seite seines Gesichts. Er spürte ihren warmen Körper und ihn ergriff in seinem ganzen Schmerz ein großes Verlangen. Er legte seinen Arm um sie. Maria schmiegte sich an seine Schulter, die beiden legten sich auf das Bett und schwiegen.

»Wir sind zwei erwachsene Menschen«, sagte Maria nach einer Weile. »Wenn wir uns begehren, gibt es keinen Grund, nein zu sagen.« »Oh, es gibt viele Gründe. Ich arbeite mit deinem Mann zusammen. Er wird mich verprügeln und ins Meer werfen.« »Teo? Wo denkst du hin. Er hat seine Geheimnisse, ich meine. So ein Verwaltungsbeamter kann sehr langweilig sein. Und eine Ehefrau kann es vermutlich auch. Wir sind doch nur etwas mehr als dreihundert Menschen. Und du, du bist nicht von hier. Ich sehne mich nach deiner Fremdheit.« Dann küsste Maria ihn einfach. Jao hörte die Stimme des katholischen Pfarrers in seiner Kirche: »Jene, die im Geiste sündigen, werden einen qualvollen Weg in den Himmel haben. Doch jene, die im Fleische sündigen, werden die ganze Macht eines zornigen Gottes spüren und auf ewig verdammt sein.« Er öffnete ihren BH. Bald lagen sie ohne

Kleider im Bett und liebten sich so zärtlich, wie sie es in ihrer Verletztheit von der Welt brauchten.

Baptista fühlte sich frei, als er neben Maria lag. Als hätte er endlich etwas richtig gemacht. In einem Leben, in dem alles falsch ist, etwas richtig gemacht. Er streichelte ihre Haare. Dann stand Maria auf und zog sich an. »Ich gehe nach Hause und koche für heute Abend. Bitte komm doch.« Sie drehte sich um, ohne seine Antwort abzuwarten und ging. Baptista stellte sich vor, wie Senhora Lancha unten an der Tür stand und auf die Uhr starrend jedes Geräusch notierte. Als er sich nach einer erneuten Behandlung mit Pferdesalbe ebenfalls anzog und nach unten ging, war dort niemand. Er humpelte den Weg zum Hafen ein zweites Mal entlang. Am blauen Himmel zogen Wolkenberge in großer Geschwindigkeit vorüber. Würde Maria es ihrem Mann erzählen? Würde er vielleicht doch in die Hölle kommen? Schlimmer als dieses Leben konnte es auch nicht werden, schmunzelte er.

Baptista erinnerte sich, dass er schon einmal in einer ähnlichen Situation war. Auch damals hatte er selbst nicht die Initiative ergriffen. Gibt es eigentlich Männer, die ihr Liebesleben selbst bestimmen? Nicht Sex oder Ehe, ihr Liebesleben. Wahrscheinlich nicht. Damals hatte ihn eine junge Kollegin auf einem Seminar verführt. Es war völlig offensichtlich, dass sie einen väterlichen Freund suchte, der sie in den Arm nahm und keine dummen Fragen stellte. Sie zog Baptista einfach in ihr Zimmer, als er gemeinsam mit ihr nach oben ging. Er kam sich damals sehr alt vor, als er unter ihrem jungen Körper lag. Danach konnte er ihr nie wieder in die Augen sehen. Für die junge Dame schien der Vorfall nicht weiter erwähnenswert. Sie hatte keine Liebe gesucht und schien an diesem Abend bekommen zu haben, was sie wollte.

Aber bisher war ihm die körperliche Verführung im Dienst erspart geblieben. Wie konnte er den Mord an Francisco, den Missbrauch von Luzía vergessen? Dieses eigenartige moralische Verhalten von Menschen würde er nie verstehen. Auch bei ihm selbst schien es völlig absurd. Und Delgado? Er kam sich nun von ihm beobachtet vor. Der Bürgermeister beobachtete ihn auch. Vielleicht war Delgado ohnehin nur Helfershelfer von Calados. Ein Gefühl von Paranoia ergriff ihn. Immer noch spielten die beiden Kinder mit dem Ball.

Der Hafen kündigte sich schon von Weitem durch Möwengeschrei an. Als er dann einbog, mischte sich noch der Geruch eines laufenden Schiffsmotors hinzu. Auf dem Quai saßen wie immer die alten Herren wie Vögel auf der Stange und sinnierten über den Lauf der Welt. In einer der drei Bars trank er einen Galão. Ernestão setzte sich zu ihm, während Baptista gedankenverloren in die allmählich untergehende Sonne schaute.

»Schön, dass ich Sie treffe. Ich wollte mit Ihnen reden.« »Setzen Sie sich und reden Sie, aber stehen Sie mir nicht in der Sonne.« Ernestão schaute sich um, ob sie ungestört waren. Aber niemand war in Hörweite. »Maria. Es geht mir um Maria.« Baptista wollte schon sagen: »Mir auch.« Aber er schwieg natürlich. »Maria Grazia hatte am Abend von Franciscos Tod mit mir gesprochen. Nachts. Sie meinte, es sei etwas geschehen. Und ich ... sie kam mit Pão zu mir.« Baptista wurde hellhörig. »Wann genau waren die beiden bei Ihnen?« »Vielleicht gegen Mitternacht. Sie meinten, da Silvas Männer seien auf der Insel.« »Wer ist das nun wieder?« »Nun ja, da Silva möchte hier ja dieses exklusive Touristending bauen. Und deswegen kommen gelegentlich auch Investoren hierher, die sich die Grundstücke ansehen und irgendetwas Wichtiges sagen wollen.«

»Und weiter?« »Sie haben sich mit Francisco getroffen. In der Grotte.« Baptista schaute Ernestão höchst skeptisch an. »Warum erzählen Sie mir das erst jetzt?« »Weil ich große Angst habe, dass diese Leute unser Leben hier zerstören. Als Sie mir nach und nach immer mehr dieser blutigen Gegenstände zum Untersuchen gebracht haben, hielt ich es nicht mehr aus.«

»Was wollten Maria und Pão von Ihnen?« »Sie wollten, dass ich sie zur Grotte begleite. Ich hatte nämlich zwei Dinge, die in diesem Augenblick wichtig waren. Wenn Sie mehr wissen wollen, besuchen Sie mich morgen. Aber kein Wort zu irgendwem. Und kommen Sie bloß ohne Delgado.«

Dienstagabend, 18. Juni

Verwirrt ging Baptista zu den Delgados. Immer noch sah er nicht, wer die Beteiligten an dem Mord waren. So viele Motive, so viel Hass. Aber jeder behielt die Wahrheit für sich. Mysteriöse Andeutungen und Drohungen. Sollte er sich auch bedroht fühlen? Die Abenddämmerung war viel zu friedlich und schön, um so etwas zu glauben. Nun hörte er auch die gellenden Schreie der Gelbschnabel-Sturmtaucher. Er wünschte, dass keiner der Vögel in der Nacht gegen eine spiegelnde Scheibe flog. Niemand wäre da, der den Vogel in die Luft werfen würde. Er würde bis zum kommenden Morgen verendet sein.

Jao klopfte bei Delgado an und trat ein. Maria begrüßte ihn, als wäre nichts gewesen. »Schön, dass Sie hier sind. Ich habe etwas Besonderes für Sie zubereitet, frittierter Kohl mit feiner Lebersauce.« »Jao, ein halber Tag ohne Sie. Ich habe Sie vermisst. Sind Sie klar gekommen oder in den Vulkankrater gefallen?« Teo Delgado lachte. »Danke. Ich hatte einen sehr schönen Nachmittag. Meinem Fuß geht es deutlich besser. Die Pferdesalbe von Senhora Lancha scheint Wunder zu wirken. Ich habe Ihnen noch nicht von meinem Besuch bei Calados erzählt.« Delgado zog die Augenbrauen nach oben. »Unser Bürgermeister. Seit achtzehn Jahren mit über neunzig Prozent der Stimmen gewählt. Ein schwieriger Chef, aber erfolgreich. Er bringt unsere Insel nach vorne.« »Warum ist er denn so beliebt? Haben die einzelnen Familien nicht sehr unterschiedliche Interessen?« »Das ist das Geheimnis von Calados. Er hat die Kunst perfektioniert, niemanden zu stören. Kein einziges Vorhaben ist an ihm gescheitert. Er mischt sich nicht ein, sondern sorgt einfach dafür, dass jeder seinen eigenen

Interessen folgen kann. Deswegen wird er gewählt und bewundert.«»Er hat mir dringend angeraten, die Ergebnisse meiner Ermittlungen nur ihm selbst mitzuteilen. Auch Ihnen nicht. Was hat es damit auf sich? Wussten Sie davon?«»Das ist ja mal wieder typisch. Immer geheimnisvoll. Und darauf bedacht, dass nichts die Grenzen der Insel verlässt. Ich dachte mir schon, dass er damit zu Ihnen kommt.

Maria kam mit dem Essen. Der Duft hatte ihn seit seinem Eintreten gefangen genommen. Vielleicht roch es auch besonders gut, weil er mit der Köchin noch vor einigen Stunden das Bett geteilt hatte. Auf jeden Fall würzte es das Essen mit einer besonderen Brise. Delgado erzählte unaufhörlich von der neuen Käserei und dem Zeitalter, das damit anbrechen würde. »Wer stellt denn das Geld hierfür bereit?«»Es stammt aus einem der EU-Fonds. Wir verwalten es nur. Der Chef der Fabrik wird übrigens mein Bruder sein, Christo. Er ist mit Senhora Lancha verheiratet. Die beiden gehen jedoch meist ihre eigenen Wege.« Baptista verschluckte sich beinahe, als er diese Neuigkeit hörte. »Für die Käserei wurde doch sicher auch eine Menge Land gebraucht«, fragte er Delgado. »Wem gehörte es denn bisher?«»Unserem Dorfpolizisten Horazio Theodore. Stille Wasser sind tief. Aber Horazio hat sich mit Calados und mir immer gut verstanden und da haben wir ihm eben auch einmal einen Gefallen getan.«

Baptista fasste es nicht. Frei von der Leber weg erzählte Delgado von einem Gemauschel, das jeder korrupten Diktatur zur Ehre gereichen würde. Aber wie sollte es anders sein auf dieser Insel, auf der die Verwandtschaft mit dem Nachbarn der Normalzustand war? Er würde mit Maria einen kompletten Stammbaum der Familien erstellen müssen, sonst blieb ihm wohl das Wesentliche verborgen. Maria meldete sich zu Wort. »Jetzt ist es aber genug von der Arbeit. Jao, erzählen Sie uns doch ein wenig von Berlin. Was machen denn die Herrschaften so am Abend? Gibt es ein neues Kaufhaus?«

Baptista erzählte, was er in den Zeitschriften so las, selbst aber nie tat, dass sich Berlin zu einer wunderschönen Metropole im Herzen Europas entwickelte, aber das Essen in Brüssel weitaus besser sei. Dass Kultur und Mode ihren festen Platz haben und man sich auf einer Höhe mit London oder Paris sähe. Maria warf ihm gelegentlich einen feurigen Blick zu, wenn Delgado etwas Anderes tat. Schließlich setzten sie sich auf das Sofa und tranken zum Abschluss noch ein Glas Wein. »Was halten Sie eigentlich von Ernestão?«, fragte Baptista. »Kann man ihm wirklich trauen? Ist er nicht auch in die Machenschaften der Amarals verwickelt?« Delgado trank bedächtig einen Schluck aus dem Schwenker. »Ich finde ihn etwas schwierig, weil er so ein Eigenbrötler geworden ist. Ernestão hatte Anfang des Jahres Streit mit dem Bürgermeister wegen der Käserei.« »Wollte er etwa selbst Chef werden?« »Auf keinen Fall. Ordentliche Arbeit ist ihm zutiefst verhasst. Er hatte Bedenken wegen des Umweltschutzes. Da ist er immer sehr vorsichtig.« »Wegen der Käseherstellung?« »Es ging ihm um die Verpackung des Käses. Das wollte er in São Miguel machen lassen. Dort gibt es ausreichend Kapazitäten. Aber wir brauchen hier doch auch eine gewisse Autonomie!« »War der Streit mit dem Bürgermeister denn wirklich erwähnenswert, bei so einer Kleinigkeit?« »Sie haben Ernestão erlebt – er kann sehr rechthaberisch sein. Und mein Chef kann das auch.«

Baptista spürte die Müdigkeit des Tages und brach auf. »Ich werde morgen früh mal bei Ernestão vorbeisehen. Besser ich gehe alleine. Und dann würde ich gerne die

Familienverhältnisse hier in Ruhe aufzeichnen.« »Da kann Ihnen Maria helfen«, meine Delgado. So hatte es Baptista vorhergesehen. »Wunderbar. Maria, hätten Sie morgen Nachmittag Zeit dafür?« »Aber gerne«, sagte sie. Baptista lächelte ihr zu und errötete zugleich etwas. »Ich plane, noch bis zum Wochenende hier zu bleiben«, meinte er. »In den verbleibenden vier Tagen sollte der Fall gelöst sein.« »Meinen Sie wirklich?«, fragte Delgado. »Ich bin guter Dinge. *Bom noche* und *obrigado per la cena*!« Baptista humpelte leicht angetrunken unter dem leuchtenden Sternenhimmel ins Hotel.

In seinem Bett rieb er sich mit Pferdesalbe ein. Das Kissen roch noch nach Marias Parfüm. Er beschloss, diese Nacht auf keinen Fall aufzustehen, um keine weiteren Verletzungen zu riskieren. Dann schlief er tief ein. Er bemerkte nicht, dass seine Zimmertüre leise geöffnet und ihm ein Tuch mit einem leichten Narkotikum über das Gesicht gelegt wurde. Dann wühlten suchende Hände in seinem Notizbuch und den anderen Unterlagen herum. Sie fanden auch das Messer und das Stück Vulkanerz. Schließlich wurden alle Spuren entfernt und die Türe leise geschlossen.

Mittwoch, 19. Juni

Von stechenden Kopfschmerzen wachte Baptista am nächsten Morgen auf. Die Nacht war für ihn ein traumloses schwarzes Loch gewesen. Er öffnete das Fenster und atmete die frische Luft ein. Dabei trat er auf einen seiner Schuhe. Hatte er sie nicht am Abend vorher an eine andere Stelle gestellt? Er war sich nicht sicher. Der Knöchel schmerzte kaum noch, während er ihn mit Menthol bearbeitete. Als er sich rasierte, fand er sein Gesicht auch einigermaßen akzeptabel. Die Schwellung an der Stirn war beinahe verschwunden. Lediglich das Veilchen war hervorragend in allen Farbschattierungen sichtbar. Weil er sich so im Spiegel betrachtete, schnitt er sich beim Rasieren. Es nimmt kein Ende, dachte er. Er klebte ein übergroßes Pflaster auf seinen Hals.

Nach dem Frühstück machte er sich auf den Weg zu Ernestão. Vor dessen Haus holte er sein Notizbuch heraus, um sich noch einige Gedanken zu machen. Die erste Seite war eingeknickt. Baptista konnte sich nicht daran erinnern, wann das geschehen war. Hatte jemand in seinen Sachen gewühlt? Hatte er das Buch jemandem geliehen? Er wischte die Gedanken beiseite und las noch einmal die bisherigen Notizen durch, die er sich zu Ernestão gemacht hatte. Delgado hatte ihm erzählt, dass Ernestão durch seinen Job für die EU nicht mehr für sein Einkommen zu arbeiten brauche. Francisco hatte von ihm hunderttausend Euro geliehen bekommen. Und Ernestão erwies sich bisher als sehr kooperativ und hatte wesentlich zu dem bisherigen Ermittlungsstand beigetragen. In welche Familie gehörte er noch einmal? Jao musste Maria nachher fragen. Was mochte Ernestão zu diesem geheimnisvollen

Treffen veranlassen? Gleich würde er es wissen. Baptista klopfte an und ging hinein.

»Sie sind spät«, begrüßte ihn Ernestão. Er saß im Wohnzimmer und bot Baptista einen Platz neben sich am Tisch an. »Sie wollten mir etwas mitteilen?«, begann Baptista das Gespräch.« »So ist es«, sagte Ernestão. Dann rekapitulierte er: »Wo waren wir gestern stehen geblieben? Maria Grazia und Pão waren in der Nacht von Franciscos Tod bei mir. Sie erzählten, dass sich zur gleichen Zeit Francisco mit da Silvas Männern in der Grotte träfen und dass ich mit ihnen gemeinsam zur Grotte gehen und das Treffen mit Abhörgeräten und einer Videokamera ausspionieren solle.« »Und, sind Sie darauf eingegangen?« »Ich habe mich vehement geweigert. Nicht, dass ich Skrupel gehabt hätte. Nein, es ging mir lediglich darum, dass wir – falls uns da Silvas Schergen entdeckten – unter akuter Lebensgefahr stünden. Und der Zeitpunkt für eine ordentliche Installation von Wanzen und Ähnlichem war definitiv schon lange vorbei. Das bedeutete, volles Risiko einzugehen.«

»Was geschah dann?« »Wir sind in der Dunkelheit zur Grotte gelaufen. Zum Glück schien der Mond etwas. So konnten wir immerhin unsere eigene Hand vor Augen sehen. Allerdings barg es auch die Gefahr, dass wir selbst gesehen wurden. Sie kennen doch den Weg zur Grotte auf den etwas glitschigen Felsen entlang? Und die Grotte kann man selbst bei Tag nur schlecht erkennen. Ich lief vor. Als ich mich umdrehte, waren Pão und Maria plötzlich verschwunden. Vielleicht haben die beiden Angst bekommen oder sind einfach zögerlich gewesen. Ich hatte keine Gelegenheit zu fragen. Also war ich alleine. Die Neugier trieb mich weiter. In dem Verschlag brannte Licht. Ich schlich näher, bis ich in der Grotte war. Dann hielt ich mein Ohr an den Verschlag und versuchte, gegen den Lärm der Brandung etwas zu verstehen. Ich traute mich nicht hineinzusehen. Es waren die Stimmen von drei oder vier Personen.«

»Waren es denn nun drei oder vier?«, hakte Baptista nach. »Es war nicht herauszubekommen, weil die Grotte und die Brandung die Stimmen verfälschten. Sie sprachen jedenfalls über größere Geldbeträge. Francisco wurde wütend, weil es ihm nicht schnell genug ging und außerdem zu wenig war. Soweit ich verstand, wurde er recht ausfallend. Sie sprachen auch über Luzía. Die Stimmen wurden immer drohender im Unterton und ich bekam eine Heidenangst. Rückzug war angesagt. Vorsichtig und ohne Geräusche zu verursachen schlich ich den Weg zurück. Dann hörte ich Schreie. Sehr laut. Jemand wurde gequält. Sie lachten wie Bestien. Dann wurde es ruhig und die Tür ging auf. Sie kamen heraus und ich stahl mich eiligst aus dem Blickfeld. Wenn Francisco dort gestorben ist, dann haben sie ihn wohl an dieser Stelle ins Wasser geworfen. Ich war aber zu weit weg und konnte nichts hören.«

»Versuchen Sie sich doch bitte zu erinnern, über was gesprochen wurde. Jedes Wort könnte wichtig sein.« Ernestão überlegte. »Sie haben Francisco gedroht. Es ging um das Grundstück und auch um seine Familie. Mehr kann ich nicht sagen. Ich konnte nur den Tonfall deuten. Natürlich habe ich noch versucht, etwas in der Dunkelheit zu erkennen. Aber es ging nicht. Vielleicht weiß Hernandez mehr.« Baptista stockte. »Welcher Hernandez? Hernandez Amaral? War er einer der Leute in Franciscos Hütte?« »Habe ich Hernandez gesagt? Ich meinte Pão.« Ernestão blickte zur Seite. Für Jao war das ein typisches Signal für die Unwahrheit. Aber wie sollte er weiterkommen? »Dann erst einmal vielen Dank. Ich werde Maria

Grazia wegen des Abends befragen. Vielleicht konnte sie doch etwas erkennen.« Mit diesen Worten machte sich Baptista auf den Weg.

Diesmal empfing ihn die Frau des toten Francisco Amaral sichtlich freundlicher. »Ich muss Sie leider noch einmal stören«, begrüßte Baptista sie. »Setzen Sie sich. Möchten Sie etwas trinken?« »Vielleicht ein Glas Wasser.« Maria verschwand kurz im Haus. »Was ist mit Ihrem Gesicht geschehen?«, fragte sie ihn, als sie das Wasser brachte. »Oh das. Ich bin im Dunkeln gegen den Schrank gestoßen. Eigentlich spüre ich es kaum.« »Sind Sie weitergekommen? Am Wochenende verkaufe ich endlich das Grundstück. Ich habe mit da Silva noch mal telefoniert. Es ist alles vorbereitet. Er kommt mit einem Notar.« »Der Mord an Francisco erweist sich als weitaus komplizierter, als es den Anschein hatte. Inzwischen weiß ich einiges, dass Sie mir bisher verschwiegen haben. Am Abend von Franciscos Tod haben Sie mit Hernandez eine Auseinandersetzung gehabt und sind gemeinsam mit Pão zu Ernestão gegangen. Und Sie müssen ganz in der Nähe vom wahrscheinlichen Tatort gewesen sein, als Francisco starb. Bitte erzählen Sie mir endlich, was hier vorgeht. Sonst darf ich Sie nicht von der Insel lassen. Und genau das haben Sie doch in der kommenden Woche mit Pão und den Kindern vor.«

»Bitte tun Sie das nicht!«, fuhr Maria auf. »Sie verstehen nicht, was hier vorgeht. Sie bringen alle in große Gefahr. Hören Sie mir gut zu. Es geht nicht um Pão oder mich. Francisco war in eine Verschwörung verwickelt. Es ist eine sehr lange Geschichte. Ich kenne die Hintergründe nicht gut und es interessierte mich nicht, bis es mein Leben zu zerstören begann.« »Wovon sprechen Sie?« »Auf Corvo gibt es zwar rund zehn Familienclans, aber eigentlich nur zwei große Gruppen. Die einen werden durch die Delgados angeführt, die anderen durch die Amarals. Die Delgados haben sehr viel Macht in Bezug auf Ämter und politische Machenschaften angehäuft, die Amarals besitzen einen Großteil des Bodens und Viehs auf Corvo. Durch die Ausbreitung der EU bis zu den Azoren wurde das Innehaben von Ämtern plötzlich sehr viel bedeutsamer und die Delgados hatten das Geschick der Insel in ihrer Hand. Die Amarals wollten das nicht länger zulassen und blockieren seitdem durch geschickte wirtschaftliche Schachzüge die Einflussmöglichkeiten der Delgados. Darum geht es im Großen und Ganzen.«

»Welche Rolle hatte Francisco in dem Spiel?«, fragte Baptista. »Francisco hielt seinen Vater für einen Feigling. Er glaubte nicht, dass sein Vater diesen Kampf gewinnen könne. Er ging daher hinter dem Rücken seines Vaters einer eigenen Strategie nach, indem er die kleine, aber feine Gruppe um die Ernestãos auf seine Seite zog. Die Ernestãos haben sich immer als unabhängige dritte Kraft hier angesehen. Francisco wollte mit der Intelligenz der beiden Brüder den Spieß herumdrehen.«

Donnerstag, 20. Juni

Maria Grazia veränderte sich, während sie sprach. Aus der erdigen Bauersfrau wurde eine blitzgescheite Politikerin. Man merkte ihr an, dass das nicht ihre Lieblingsrolle war. Aber sie würde sie einnehmen, um ihre Familie zu verteidigen. »Ich danke Ihnen für Ihre Offenheit. Warum haben Sie mir vorher nichts gesagt?« »Unsere Eltern sagen: Die Familie, mein Kind, das ist das Schweigen. Und so halten wir es auch. Warum über die Sachen reden, die ohnehin geschehen? Ich bin vielleicht nicht die typischste Corvianerin. Aber das Schweigen über unsere eigene Welt habe ich mir auch zu Eigen gemacht. Es hört ohnehin niemand, wenn wir auf dieser Insel schreien. Francisco ist tot. Alles Reden ist zu spät.« »Vielleicht hätte es ihren Kindern gut getan, wenn sie vorher gesprochen hätten!«, sagte Baptista beinahe etwas wütend. »Sie verstehen nichts von dieser kleinen Welt«, antwortete Maria im gleichen Ton. Dann fuhr sie jedoch ruhiger fort. »Vermeiden Sie Ihre Ratschläge! Ich habe mit Pão und meinen Schwestern gesprochen, aber es änderte nichts an der Situation. So ist das hier eben. Hernandez Amaral ist kein Verlierer. Er schaut nicht tatenlos zu, wie sein kleines Imperium zerfällt. Und Francisco ist nur ein mögliches Mittel gewesen, um das zu erreichen. Er hat sich mächtige Freunde geholt. Seine Enkel haben noch keine Funktion für ihn.«

»Und da Silva? Was spielt er eigentlich für eine Rolle?«, fragte Jao. »Da Silva ist ein waschechter Delgado.« »Aber er stammt doch aus Flores, oder?« »Das ist eine lange Geschichte. Der Urgroßvater Delgados hatte einem seiner beiden Söhne, Pedro Delgado, die Hochzeit mit dessen Frau untersagt. Daraufhin wanderte Pedro nach Flores aus, gründete dort eine Familie und nahm den Namen seiner Frau an, da Silva. Die Väter von Luìs da Silva und Teo Delgado sind also Cousins. Inzwischen ist der Streit der Großväter schon längst vergessen. Da Silva hat sich als äußerst ehrgeiziger Machtmensch entwickelt und wird alles dazu beitragen, dass die Delgados hier das unumschränkte Sagen haben.« »Und was hat er in São Miguel gemacht?« »Das weiß niemand so ganz genau. Mit seiner Bande an Kleinkriminellen hat er offensichtlich viel Geld verdient. Aber wenn ich mit ihm rede, dann spüre ich, dass da noch mehr ist. Vielleicht ein internationaler Konzern oder jemand von der Mafia.«

Jao Baptista war fassungslos. Er hatte gedacht, um die nächste Ecke des Labyrinths wäre der Ausgang. Nun sah er, dass der Ausgang vielleicht hinter der Hecke war, aber er noch durch ein umfangreiches Wirrwarr an kleinen Wegen, Umwegen und über größere Hindernisse hinweg musste. Er verabschiedete sich von Maria Grazia, nicht ohne ihr zu danken und ihr mitzuteilen, dass er nochmal mit ihren Kindern sprechen müsse. Sie sah ihm mit einem freundlichen Blick hinterher, weil sie das Gefühl hatte, dass Baptista ihr helfen könnte.

Baptista lief betont langsam zum Haus von Lorenzía Grazia. Er wollte nachdenken. Warum ist Menschen die Macht so wichtig? Er hatte diesen teilweise enorm ausgeprägten Antrieb in all seinen Dienstjahren nie verstehen können. Verschafft es den Menschen ein beruhigendes Gefühl? Ist es eine Ersatzhandlung oder Hass, der sie dazu bringt? Er erinnerte sich an einen Fall, den er vor zwei Jahren in Berlin auf seinem Tisch fand. Man hatte einen Drogendealer gefasst, der von einem geplanten Anschlag auf die russische Botschaft berichtete. Als Baptista im Rahmen einer Sonderkommission den Fall aufrollte, breitete sich ein kompliziertes Netzwerk aus Prostitution, Erpressung und Gewalt aus. Alle Beteiligten hatten sich zu einem Ziel vereint. Sie wollten die Vorherrschaft einer russischen Gang im Süden Berlins brechen. Selbst als die Schuldigen im Gerichtssaal saßen, konnten sie nicht erklären, was sie eigentlich dazu antrieb. Schließlich versickerte die ganze Kette irgendwo in Sankt Petersburg bei einem Mittler, der irgendwie mit der russischen Ölindustrie zusammenhing. Er ahnte, dass ihm so etwas hier auch bevorstehen könnte. Brauchte man für diese Fälle eigentlich Polizisten? Es waren gesellschaftliche Strukturen, die er aufdeckte. Ihm schien es eigentlich sinnvoller, wenn sich Journalisten mit diesen Fällen beschäftigten. Diese Idee gefiel ihm zunehmend, je länger er darüber nachdachte. Er würde seinen Freund André Samari aus Köln noch heute Abend anrufen. André sollte sich in eine Maschine setzen und ihm helfen. Warum muss ausgerechnet hier, mitten im Atlantik auf einem Vulkan, so etwas geschehen? Darauf hatte er keine Antwort. Menschen richten sich in ihrem Handeln nicht nach der Schönheit, die sie umgibt. So war es eben.

Er klopfte an Lorenzías Tür und trat ein. »Ich habe mir gedacht, dass Sie noch einmal kommen«, hörte er Lorenzía aus dem Garten rufen. Er setzte sich zu ihr auf die Bank. »Hat Sie jemand verprügelt?«, fragte sie. Baptista konnte diese Frage nicht mehr hören. Aber er hatte keine Wahl. »Nein. Ich habe mich an der Schranktür gestoßen.« »Wenn das mal keine Ausrede ist ... Sie haben die Kinder mit Ihrem letzten Besuch ziemlich durcheinander gebracht. Luzía konnte nachts nicht schlafen. Müssen Sie sie an diesen Schmerz erinnern? »Glauben Sie mir, ich mache es nicht aus Neugier. Meine Nichte hat Ähnliches erlebt.« »Oh. Sie kommen doch aus Deutschland? Ich dachte, dort ginge es gesitteter zu.« »Meine Eltern sind viel herumgereist. Ich bin überall und nirgends aufgewachsen. Und ich habe nicht das Gefühl, dass die Menschen sich in den Ländern sehr unterscheiden. Lediglich die Umstände, unter denen sie leiden. Aber davon ein andermal vielleicht. Ich bin hier, weil ich etwas hilflos bin. Eben habe ich lange mit Maria geredet und heute Morgen auch mit Ernestão. Ich bin mir nicht mehr sicher, um was es eigentlich geht. Francisco war am Abend seines Todes nicht alleine. Es waren mehrere Personen bei ihm. Vielleicht wurde er auch erst nach dem Treffen mit diesen Personen ermordet. Alle rücken mit der Wahrheit nur in kleinen Stückchen heraus. Wenn ich nicht auf dieser Insel wäre, hätte ich die meisten schon in eine Arrestzelle gesteckt und sie dort schmoren lassen.«

Lorenzía lächelte ihn etwas überheblich an. »Ich hoffe, Sie erwarten von mir keine Hilfe. Sie sind noch nicht einmal Portugiese. Warum kommen Sie her und schnüffeln in fremden Angelegenheiten herum?« »Das Recht auf Leben und Unversehrtheit sind keine fremden Angelegenheiten. Jeder, der es missachtet, sollte verfolgt werden. Oder sind Sie anderer Meinung?« Lorenzía schwieg. Baptista fuhr fort: »Ich bin nicht hier, um mit Ihnen zu diskutieren, sondern um mit den Kindern zu sprechen. Maria hat mir die Erlaubnis hierzu gegeben.« »Dann gehen Sie. Sie kommen mit dem Mittagsboot von Flores zurück.« Baptista stand auf und ging zum Hafen zurück. Dort setzte er sich auf die Quai-Mauer und wartete. Die Sonne spielte mit den Wellen. Ihm ging durch den Kopf, dass die Menschen nur ein kurzes Leben haben und sie es oft sinnlos vergeuden. Dass sie sich auf Hass und Gewalt stürzen statt Liebe und Gerechtigkeit zu verbreiten. Was würde wohl von seinem Leben übrig bleiben? Einige zerstörte Ehen vielleicht. Er hatte keinen der Toten verhindern können, mit denen er sich zu befassen hatte. Nicht einmal die Kinder konnte er beschützen. Baptista warf einen Stein ins Brackwasser. Er versank mit einem Glucksen. Nichts hinderte ihn an dem Sturz auf den Grund. Manchmal fühlte er sich auch so.

Das Schiff tuckerte gemächlich ein und entließ eine Schar von Kindern, darunter auch die Söhne und Töchter von Maria und Pão. Baptista ging auf sie zu. Sofort stellte sich Sebastião schützend vor seine Schwestern. »Leider muss ich mit euch noch einmal sprechen. Es dauert auch nicht lange. Bitte kommt kurz hier an den Tisch.« Er deutete auf einen der Tische eines der Cafés. Sie zögerten. »Eure Mutter hat es erlaubt. Ich habe eben mit ihr gesprochen.« Sie setzten sich, blieben allerdings ängstlich beieinander. »Eure Mutter hat mir erzählt, dass Francisco mit einigen Leuten in die Grotte gegangen ist. Habt ihr die Leute vielleicht gesehen?« Er schaute in Luzías Richtung. Der zehnjährige Christofero begann zu sprechen: »Das waren bestimmt die Männer im Anzug.« »Was sind das für Leute? Habt ihr sie schon einmal gesehen?« »Vor einem Monat sind sie gekommen. Sie haben Anzüge und so komische Koffer.« Dann fiel ihm Andrea ins Wort: »Sie sind von einer Medizinfirma.« »Von einer Medizinfirma? Seid ihr sicher?« »Na klar. Im Fernsehen läuft immer ein Werbespot von denen. Mit so einem lustigen Hund.«

Baptista kannte die Werbung. Die Kinder sprachen von Geropharm, einem der zehn größten Pharmaunternehmen der Welt. Was wollten die hier? »Und an dem Abend, habt ihr die Leute da auch gesehen?« Luzía begannen bereits wieder Tränen aus den Augen zu laufen. Irgendetwas erinnerte sie an ihre schrecklichen Erlebnisse. Baptista hörte auf zu fragen. »Danke für eure Hilfe. Wenn ihr möchtet, spendiere ich eine Runde Eis als Belohnung.«

Die Kinder lächelten. Er gab der Bedienung einen Wink und die Kinder suchten sich ein Eis aus der Truhe aus.

Baptista ging ins Hotel und rief seinen Journalistenfreund André Samari an. Er erwischte ihn in einer ruhigen Minute. »Hallo Jao. Du hast Glück. Du kannst in Ruhe erzählen, solange ich nicht zu viel sprechen muss. Ich liege gerade auf der Sonnenbank.« Baptista erzählte in groben Umrissen. »Ich brauche dich hier«, meinte er schließlich. »Du könntest in São Miguel die Verbindungen zu da Silva recherchieren und bitte bring Material über Geropharm mit. Ich habe den Verdacht, dass hier etwas oberfaul ist. Flug geht aufs Haus. Aber bitte nimm die nächste Maschine.« André brummelte unzufrieden. »Dann muss ich mein Date heute Abend sausen lassen. Die Nummer kann ich dann aus meinem Telefonbuch streichen.« »Du kriegst die Story selbstverständlich exklusiv.« »Nummer ist gestrichen. Bis heute Abend.« Er wusste, dass André nun sein Netzwerk anwarf. André kannte eine beeindruckende Menge an zwielichtigen Gestalten und hatte eine hervorragende Bibliothek. Am besten, er wartete mit weiteren Schritten, bis André hier war. Heute Nachmittag würde er sich mit Maria treffen und den Familienstammbaum der Insel aufzeichnen. Bis dahin ruhte er sich aus.

Er wachte von einer Hand an seinem Hals auf. Panisch schreckte er auf. Zum Glück war es Maria, die leise in sein Zimmer gekommen war. »Du hast mich erschreckt.« »Das tut mir leid. Ich wollte dich überraschen. Hier sind wir ungestört. Dann knöpfte sie ihre Bluse auf und legte Baptistas Hand auf ihre Brust. Er zog sie zu sich ins Bett. Sie liebten sich leidenschaftlich. Diesmal hatte Baptista keine Skrupel. Später erinnerte Baptista sie an ihr eigentliches Vorhaben. »Ich muss endlich verstehen, wer hier mit wem zusammenhängt. Hilf mir doch bitte einen kleinen

Stammbaum zu zeichnen.« Sie setzten sich an Baptistas Schreibtisch. Baptista legte vier Blätter nebeneinander. Dann begannen sie bei Delgados Urgroßvater und dessen Frau. Sie gebaren zwei Söhne, die sich jedoch fürchterlich zerstritten. Die eine Familie wanderte nach Flores aus. Die anderen blieben in Corvo. Zu den Delgados gehörte natürlich auch Teo Delgados Bruder und Senhora Lancha, die Frau von Teos Bruder.

Der zweite Baum begann mit Franciscos Urgroßvater. Mit seiner Frau zeugte er vier Töchter und zwei Söhne. Die Großmutter von Francisco hatte mit Hernandez Amarals Vater zwei Töchter und einen Sohn gezeugt. Der Sohn war natürlich Hernandez Amaral. Dessen Schwestern lebten nicht mehr, hatten aber auch Kinder auf die Welt gebracht, die heute in Amerika lebten.

»Was ist mit Ernestão und dem Bürgermeister?«, fragte Baptista. »Da bin ich mir nicht so ganz sicher. Warte mal. Calados hat eine besondere Geschichte. Er ist eines der Kinder von Franciscos Großmutter und Delgados Großvater.« »So eine Art Bastard.« »Genau. Deswegen können sie ihn auch beide als Bürgermeister akzeptieren.« »Und Ernestão?« »Das sind zwei Brüder und eine Schwester. Die Schwester ist unter mysteriösen Umständen gestorben. Man sagt, Ernestãos Vater wollte keine Töchter und hätte sie ertränkt. Aber das ist nur eine Gespenstergeschichte. Sie kam einfach bei einem Badeunfall ums Leben.« Auf den Papieren war inzwischen ein ansehnliches Netz aus Abstammungen und Verwandtschaftsbeziehungen entstanden. Jao war zufrieden. Maria nahm ihn in die Arme und küsste ihn. Sie war noch nicht zufrieden. Sie sanken in das Bett zurück und genossen eine Lücke in der Zeit.

Später stand Maria auf und verließ Jao schnell. Baptista ging nach unten. Ihm war eingefallen, dass er Doutor Mateo noch wegen der Hautveränderungen anrufen wollte. Er wählte von dem alten Telefon aus dessen Nummer. »Hier Baptista. Spreche ich mit Doutor Mateo?« »Senhor Baptista. Sie rufen zum richtigen Zeitpunkt an. Die Laborergebnisse sind vor einer Stunde eingetroffen. Ihre Intuition hat sie nicht getäuscht: Es sind wirklich Verbrennungen, die von einer Zigarette sein könnten. Allerdings hat das Meerwasser eventuelle Brandreste vollständig entfernt. Von daher kann man nicht mehr exakt sagen, welche Ursache die Verbrennungen hatten.« »Vielen Dank. Das bestätigt meine Vermutungen.« »Sind Sie denn schon weitergekommen?« »Der Fall ist ein Labyrinth. Dennoch habe ich meine Zuversicht noch nicht verloren.« »Alles Gute, und rufen Sie an, wenn ich Sie unterstützen kann.« »Ihnen auch, und vielen Dank.« Baptista legte auf. Wieder dachte er an den Hass, den der oder die Mörder haben mussten. Aber wirklich weiter half ihm das nicht. Denn dieser Hass musste nicht durch Francisco entstanden sein. Folter erfordert keine Motive, die mit dem Opfer zu tun haben und nichts Anderes waren Zigarettenverbrennungen.

Das Thema war unerträglich. Baptista musste an die frische Luft. Er spazierte den ganzen Abend über am Meer entlang und hatte seine Hose nach oben gekrempelt, damit seine Füße vom kühlen Meerwasser umspült werden konnten. Es tat gut. Als würden die schlechten Gedanken weggespült. Trotzdem hatte er ununterbrochen ein eigenartiges Gefühl. Vielleicht beobachtete ihn jemand? Aber wenn er sich umdrehte, sah er niemanden. Warum sollte ihn auch jemand beobachten? Es musste der Stress sein. Morgen würde André Samari kommen. Er freute sich darauf. André würde ihm das Gefühl nehmen, von der Welt abgeschnitten zu sein.

Als er abends ins Hotel zurückging, kam ihm der Gedanke, dass Samari die beiden Beweisstücke – das Messer und das Lavastück – auf seinem Rückweg mitnehmen könnte, um sie im Labor ordentlich untersuchen zu lassen. Er öffnete die Schranktür und nahm sich den Schuhkarton, in den er alles gelegt hatte, was ihm wichtig war. Der Karton war nicht mehr in dem Zustand, in dem er zuletzt gewesen war. Messer und Lavastück waren verschwunden. Da sich Baptista für einen schlampigen Menschen hielt, überlegte er, ob er die Dinge vielleicht an einer anderen Stelle hatte liegen lassen. Er war sich jedoch sicher, dass die Gegenstände in dem Karton sein müssten. Allmählich stieg ein Verdacht in ihm auf. Die eigenartige Nacht, das veränderte Notizbuch, das ständige Gefühl beobachtet zu werden und nun die verschwundenen Beweisstücke. Jemand versuchte seine Ermittlungen aktiv zu stören.

Ohne Tatwaffe könnte die Beweisführung schwierig werden. Er könnte zwar die Aussage Ernestãos heranziehen. Das hätte vor Gericht sicherlich eine geringere Beweiskraft. Aber vielleicht würde er die Gegenstände noch finden. Sie waren wahrscheinlich noch auf der Insel. Alles Vermutungen, dachte er. Wie konnte er auch nur so leichtsinnig sein! Morgen würde er mit André versuchen eine Spur aufzunehmen. Das Gefühl von Bedrohung löste bei Jao Baptista eine intensive Müdigkeit aus. Er legte sich aufs Bett und schlief ein. Weder ließ er sich von einem weiteren Sturmtaucher stören, der gegen das Fenster knallte, noch durch den morgendlichen Lärm von Bauarbeiten für das Fest am Sonntag. Erst als die Sonne sein Zimmer in eine Gluthitze tauchte, wachte er auf. Sein erster Gedanke war, dass er André abholen sollte. Wann würde er wohl eintreffen? Baptista ging nach unten und traf dort eine verschmitzt lächelnde Senhora Lancha.

Freitagmorgen, 21. Juni

»Bom dia, Comissário. Ihrem Schlaf nach zu urteilen, scheint es Ihnen bei uns zunehmend zu gefallen«, begrüßte ihn Senhora Lancha. »Es gefällt mir auf Corvo hervorragend. Allerdings bin ich beruflich hier und habe nur wenig Zeit, mich um die schönen Seiten der Insel zu kümmern. Sagen Sie Senhora, ein Kollege von mir kommt heute an. Wann laufen denn hier die Fähren ein?« »Die ersten Schiffe sind schon da gewesen. Gegen Mittag kommen die mit den Schülern von Flores. Vielleicht kommt ihr Kollege auch mit dem Flugzeug. Aber die Flugpläne kennen Sie ebenso gut wie ich.« Baptista trank seinen Galão und entschied sich, gleich zum Hafen zu gehen. So wie er André kannte, war er schon da.

Baptista entdeckte André rasch auf der Außenterasse einer Bar. André Samari war 35 Jahre alt und hatte ein jugendliches Aussehen. Unter seinem T-Shirt konnte man einen gut trainierten Körper erkennen und in seinem Gesicht ein fröhliches Lächeln. Man sah ihm förmlich an, dass er in seinem Leben das tat, was ihm Spaß machte. Im Moment war das ein Flirt mit der Bedienung in bestem Portugiesisch. »Hallo André«, rief Baptista. »Ich dachte mir beinahe, dass du schon da bist. Wie ich sehe, nutzt du die Zeit.« Samari lächelte vergnügt zurück. »Weißt du Jao, wenn man früh aufsteht, dann sind die Verbindungen hierher gar nicht so schlecht.« Er lächelte Baptista verschmitzt zu, da er wusste, dass dieser gerne etwas länger im Bett blieb. Dann legte er etwas Kleingeld auf den Tisch und stand auf. »Wo können wir denn ungestört reden?« »Im Moment bin ich mir da nicht mehr so sicher. Am besten wir gehen an den Strand, etwas aus der Stadt raus.

Wo hast du dein Gepäck?« »Ist überschaubar. Ich habe es in der Bar abgestellt. Wir können es nachher abholen.« »Gut. Bei mir in der Pension ist noch etwas frei. Ich habe ein Zimmer reserviert.«

Die beiden gingen unter den wachsamen Augen der Männer auf der Quaimauer in Richtung Strand. »Ist ja ein schönes Fleckchen hier«, sagte André Samari. »Ich musste erst einmal auf der Karte schauen, wo die Azoren sind. Corvo war in meinem Atlas nicht eingezeichnet.« »Nach etwas mehr als einer Woche kann ich die Insel für einen Natururlaub unbedingt empfehlen«, meinte Baptista. »Von Europa aus ist man in vier Stunden hier und trotzdem gibt es auf Corvo keinen nennenswerten Tourismus. São Miguel ist diesbezüglich etwas professioneller. Aber hier ist totale Ruhe.« »Trotzdem bringen sich die Menschen hier genauso um, wie im Rest der Welt«, sagte André enttäuscht. »Die Menschen sind hier sehr freundlich. Aber dieses enge Zusammenleben bringt eben auch Konflikte mit sich. Konflikte, denen die Menschen hier nicht ausweichen können. Und Gier nach Macht gibt es eben überall.« »Meinst du, es geht um Macht?« Samari und Baptista hatten schon öfter in Fällen, die sie gemeinsam bearbeitet hatten, über die drei Hauptmotive für Verbrechen gesprochen, die es nach ihrer Meinung gab: Gier nach Macht, Verletzung der Ehre und Erreichen von Reichtum. Sie waren sich einig darüber, dass sich beinahe alle Verbrechen auf eines der drei Motive zurückführen ließen.

»Ich tappe noch völlig im Dunkeln. Da sind einerseits die beiden verfeindeten Familien, von denen ich dir erzählt habe. Sie versuchen – jede auf ihre Art – hier eine Vormachtstellung zu erreichen und schrecken dabei vor nichts zurück.« »Also Macht«, warf André ein. »Wenn da nicht Francisco selbst wäre«, fuhr Baptista fort. »Er hat es geschafft, den Hass der gesamten Bevölkerung auf sich zu ziehen. Fast jeder hier hatte ein persönliches Motiv, für das es sich lohnen würde ihn zu töten. Besonders hervorzuheben ist dabei Franciscos Ehefrau. Ihre Kinder stammen von Franciscos Bruder. Francisco wusste davon und hat sich offenbar an dem kleinsten Mädchen vergriffen.« »Also auch Hass.« »Jetzt warte doch einmal ab. Denn der Hass und der Wille zur Macht spielen sich während einer der größten wirtschaftlichen Veränderungen auf Corvo ab: Eine Käserei und ein exklusives Touristenressort sollen gebaut werden. Beides wird die Einwohner in eine wirtschaftlich gesicherte Zukunft führen.« »Dann doch eher Reichtum«, murmelte André.

Sie gingen einige Schritte und genossen das Rauschen des Meeres. »In die wirtschaftlich gesicherte Zukunft werden sie wohl auch durch Geropharm geführt«, meinte dann André. »Hör dir an, was ich herausgefunden habe: Geropharm ist als Firma nicht so bekannt. Dennoch gelten sie als der absolute Aufsteiger unter den Pharmakonzernen. Sie haben insbesondere die älteren Menschen über fünfzig als Zielgruppe im Auge. In Zukunft bilden sie die Mehrheit der Bevölkerung in den zahlungskräftigen Ländern.« André zählte dann die ganzen bekannten Produkte auf, die Geropharm herstellte. Baptista kannte in der Tat die meisten von ihnen. Er fühlte sich bei den Medikamenten für Menschen über fünfzig plötzlich alt und krank. André fuhr fort. »Aber wie der Aktienmarkt nun mal ist, genügt es nicht, einfach im Moment Marktführer zu sein, sondern man muss auch Visionen für das nächste Geschäftsfeld haben. In den Finanzforen werden schon seit Längerem einige Gerüchte diskutiert. Im Mittelpunkt steht, dass Geropharm die Medikamente nicht mehr durch gewöhnliche Hausärzte verschreiben lassen möchte, sondern durch eigene Ärzte in eigenen Zentren. Besonders die wohlhabende Klientel ist dafür interessant.«

Baptista unterbrach. »Das hört sich alles wie ein toller Hintergrund für einen Wirtschaftsthriller an. Aber was hat das mit Corvo zu tun?« »Wo würdest du denn so ein Zentrum bauen?« »In den USA. Die kennen das doch ohnehin schon von ihren Schönheitsfarmen.« »Aber die USA sind nicht der Markt der Zukunft. Geropharm denkt in anderen Dimensionen. Also Schluss mit dem Raten: In der Mitte zwischen den USA und Europa, auf den Azoren und im Herzen Asiens, in Singapur, sollen die ersten beiden Ressorts entstehen.« »Was kann ich mir denn unter so einem Ressort vorstellen?« »Das ist eine Rundumversorgung für Menschen mit Geld. Die kommen hierher, machen vier Wochen Urlaub, bezahlen die Ärzte von Geropharm, um mit Medikamenten von Geropharm behandelt zu werden und zahlen Miete für Apartments, die Geropharm gehören und essen Mahlzeiten, die von Geropharm für Senioren hergestellt worden sind. Ein komplettes System zur Lebensversorgung von älteren Menschen: gesund leben, essen, wohnen und genießen. Die einzelnen Elemente dieses Systems sollen nach erfolgreicher Durchführung dann immer stärker in das normale Gesundheitssystem eingeschleust werden. Mir hat ein Wertpapierhändler gesagt, dass Geropharm für ihn so etwas wie Google im Internet werden wird: eine omnipräsente Krake.«

»Grauenhafte Vorstellung. Aber nicht strafbar. Natürlich nicht. Denn die Gesetze werden maßgeblich von Wirtschaftslobbyisten gemacht. Hast du auch eine Verbindung zu da Silva entdecken können?« »Das war nicht ganz so einfach. Da Silva ist kein großer Fisch und Geropharm tritt verstärkt durch Mittelsmänner auf. Da bin ich nicht weitergekommen. Sie müssen versucht haben, ein großes, in sich geschlossenes Gelände zu erwerben. Idealerweise gäbe es gäbe dort keine ansässigen Ärzte.« »Das trifft auf Corvo unbedingt zu«, meinte Baptista in Erinnerung an seine eigene leidvolle Erfahrung. »Dieser da Silva kennt vielleicht die Hintergründe von Geropharm überhaupt nicht.« »Möglicherweise kennt er sie aber auch ganz genau. Hatte ich dir eigentlich von dem Bürgermeister erzählt?« »Kann mich nicht erinnern.« »Er scheint mir die Zusammenhänge etwas neutraler zu sehen, also ohne diese schrecklichen Familienstreitigkeiten. Wir sollten mit ihm sprechen. Er ist allerdings auch sehr gerissen. Und dann noch etwas: Bisher dachte ich, die Bewohner hier seien einfach nur einem fremden Comissário gegenüber etwas voreingenommen.« »Was ja auch verständlich wäre ...« »Aber in meinem Hotelzimmer wurde eingebrochen. Jemand hat die Mordwaffe entwendet und in meinen Sachen gestöbert. Außerdem komme ich mir ständig beobachtet vor. Sei also etwas vorsichtig.« »Wer hat dir eigentlich den Tipp mit Geropharm gegeben?« »Das waren die Kinder von Franciscos Frau. Offensichtlich sind hier einige Herren mit Anzug und Krawatte unterwegs, die die Geschäfte von Geropharm regeln.« »Wie machen wir denn jetzt weiter?« »Wir haben nicht mehr viel Zeit. Anfang kommender Woche wird Maria Grazia mit Franciscos Bruder und ihren Kindern die Insel Richtung USA verlassen. Bis dahin muss der Fall gelöst sein, sonst bin ich gezwungen sie festzuhalten. Und dann ist am Sonntag noch dieses Festa do São Pedro« »Am besten, wir bringen die Sachen zum Hotel und überlegen dabei in Ruhe.«

Freitagmittag, 21. Juni

Baptista und Samari gingen zum Hafen zurück und
holten Andrés wirklich überraschend kleinen Rucksack
aus der Bar ab. André versäumte es dabei nicht, der Kellnerin noch einmal zuzuzwinkern. Als sie in Richtung
Hotel gingen, hatte Baptista wieder dieses Gefühl, jemand
verfolge sie. Er fragte André: »Erinnerst du dich noch, als
wir in Neapel einmal aushelfen mussten?« »Na klar. Diese
Italienerin mit den langen Wimpern und der süßen Nase
werde ich nie vergessen.« »Sie hatte uns ununterbrochen
beobachtet und dieser Schlepperbande jeden Schritt von
uns verraten.« »Aber sie sah trotzdem großartig aus.«
»Mich beschleicht hier ständig dieses Neapel-Gefühl.
Dich auch?« André nickte.

Senhora Lancha begrüßte den neuen Gast mit der
gleichen Skepsis, die sie bei Baptistas Auftauchen an den
Tag gelegt hatte. Samari nahm es gelassen. Er richtete sich
kurz in seinem Zimmer ein und ging dann zu Baptista.
»Setz dich kurz, André. Hier ist ein Familienstammbaum,
den ich mit Hilfe von Delgados Frau erstellt habe.« Samari versuchte sich die komplizierten Verwicklungen zu
merken. »Am besten, ich stelle dich kurz Delgado und
dem Bürgermeister vor, damit du hier offiziell bekannt
bist.« »Und dann brauche ich ein Telefon. Ich habe einen
Bekannten gebeten, sich noch um die Verbindungen von
Geropharm zu den Azoren zu kümmern.«

Sie gingen nach unten, gaben ihre Zimmerschlüssel
ab und liefen zum Haus der Delgados. Samari schaute
gelegentlich unauffällig über seine Schulter. »Wir werden
wirklich beobachtet. Aus einem der Häuser, die weiter
oben am Hang liegen. Ich habe ein Fernglas blitzen sehen.«

»Nun gut, so geheimnisvolle Dinge tun wir auch nicht. Sollen sie doch sehen, was wir machen.« Baptista klopfte an Delgados Tür und trat ein. »Jao Baptista ist hier.« »Im Garten bin ich«, rief die Stimme von Maria. »Hallo Maria. Ein Freund von mir ist heute Morgen als Verstärkung gekommen. Das ist André Samari.« Die beiden gaben sich kurz die Hand. »Ich wollte ihn mit Teo bekannt machen. Weißt du, wo er sein könnte?« »Ich glaube, er hat sich mit dem Bürgermeister getroffen. Wenn ihr Zeit habt, kommt doch heute zum Abendessen vorbei.« »Gerne. Bis heute Abend dann.«

Vor der Tür meinte André schelmenhaft: »Die hat dich ja mit ihrem Blick fast ausgezogen. Du wirst doch Berufs- und Privatleben nicht vermischen?« An Jaos ungelenker Reaktion merkte er, dass er ins Schwarze getroffen hatte. Sie liefen schweigend Richtung Stadtmitte zum Rathaus. Baptista meinte plötzlich: »Ich habe das Fernglas jetzt auch sehen können. Da oben in der Stadt war ich bisher noch nicht. Wenn ich den Kindern von Francisco glaube, dann dürfte dort oben ein Mann im Anzug sitzen, der irgendwie mit Geropharm zusammenarbeitet.« »Wir müssen dringend wissen, wie die hier versuchen, an das Land zu kommen. Wenn unsere Vermutung stimmt, dann geht es hier um sehr, sehr viel Geld. Und um die Interessen eines multinationalen Pharmakonzerns.« »Wir haben schon Tote für kleinere Summen Geld gesehen. Da wird hier womöglich in einer anderen Liga gespielt.«

Sie klopften an die Tür des Rathauses. Delgado öffnete und war sichtlich überrascht, Baptista in Begleitung eines Fremden zu sehen. »Bom dia, Teo. Ein Freund von mir ist eingetroffen und ich wollte ihn gerne Calados und Ihnen vorstellen. Ihre Frau hat uns gesagt, dass wir Sie vielleicht hier finden können« »Kommen Sie nur herein. Calados telefoniert gerade.« Sie traten ein und hörten, wie Calados aufgeregt mit jemandem telefonierte. Er versuchte sich für etwas zu rechtfertigen. Die Gegenseite war damit aber scheinbar nicht einverstanden. Als er sah, wer eingetreten war, schloss er die Tür und seine Stimme war nicht mehr zu verstehen.

»Vielleicht darf ich mich kurz vorstellen«, meinte Samari. »Mein Name ist André Samari. Ich arbeite gelegentlich mit Jao zusammen. Er hat mich gebeten, ihn hier bei der Recherche zu unterstützen.« Delgado betrachtete den Neuankömmling reserviert. »Nach was recherchieren Sie denn?« »Ich habe gestern erfahren, dass ein Pharmakonzern Interesse an Corvo hat«, sagte Baptista. »Geropharm.« Delgado zuckte bei dem Namen sichtlich zusammen. Als er gerade etwas erwidern wollte, kam Calados aus seinem Zimmer heraus. »Entschuldigen Sie, dass ich Sie warten ließ. Setzen Sie sich doch. Wie sich der gute Jao gemerkt hat, bin ich gerade bei meinem Morgenkaffee. Kommen Sie doch herein.« Alle setzten sich um den runden Tisch, der etwas seitlich stand und für Besucher gedacht war. Calados servierte jedem der Anwesenden einen *Galão* und setzte sich dann zu ihnen.

»Ich wollte Ihnen meinen Freund André Samari vorstellen, den ich gebeten habe, mich bei den Ermittlungen zu unterstützen.« »Hat sich der Fall denn so kompliziert entwickelt?«, fragte der Bürgermeister unzufrieden. »Wir waren uns doch einig, dass eine schnelle Lösung im Vordergrund stehen sollte. Jetzt kommt noch jemand hinzu. Nicht, dass ich etwas dagegen hätte oder mich in Ihre Ermittlungsmethoden einmischen wollte. Im Gegenteil ist es natürlich schön, wenn Menschen unsere Insel kennen lernen und von deren Vorzügen berichten können. Aber dieser Mordfall muss endlich vom Tisch. Wo stehen Sie denn mit Ihren Ermittlungen? Hatten Sie nicht gesagt, Sie hätten bereits die Mordwaffe?«

Bei diesem Stichwort klingelte es in Baptistas Kopf. Er hatte dem Bürgermeister nichts von einer Mordwaffe erzählt. Natürlich könnte ihm Delgado alles berichtet haben. Aber irgendwer auf dieser Insel hatte die Mordwaffe schließlich aus seinem Schrank entwendet. War der Bürgermeister hier vielleicht direkter involviert, als er sich das vorstellen wollte? Baptista entschloss sich zu bluffen. »In der Tat liegt die Mordwaffe vor. Ich habe sie fotografiert und das Bild bereits an die Behörden gefaxt. Ernestão besitzt darüber hinaus Blutproben, die er untersucht hat und deren Ergebnis er amtlich bezeugen wird. Die Lösung des Falles wird durch äußere Einflüsse im Moment etwas schwieriger als gedacht.« Baptista holte Luft und trank den leckeren Galão. »Was meinen Sie mit äußeren Einflüssen?«, fragte Calados. »Franciscos finanzielle Not und der daraus resultierende Wunsch, Land zu verkaufen, sind offensichtlich sehr stark von dem Unternehmen Geropharm beeinflusst worden.« Wieder zuckte Delgado unwillkürlich zusammen. »Um hier etwas Transparenz zu schaffen, hat Senhor Samari begonnen, mich zu unterstützen.«

»Dann ist es gut, dass Sie ihn mir gleich vorgestellt haben«, erwiderte Calados mit einem kühlen Ton. »Denn ich möchte hier in aller Deutlichkeit klar stellen: Geropharm ist für Corvo der wichtigste Partner für die Zukunft.« Calados stand auf und begann unruhig im Zimmer hin und her zu laufen. »Wer glauben Sie denn, Jao, soll den Käse der Käsefabrik kaufen? Und wie sollen auf so einer kleinen Insel Touristen länger als einen Tag gehalten werden? Das geht nur mit den Plänen von Geropharm.« Calados' Tonfall wurde nun drohend. »Und wenn Sie beide auch nur das geringste unternehmen, das Geropharm stören könnte, dann lernen Sie ...« Calados brach ab und redete mit seiner überfreundlichen Politikerstimme weiter. »Ach, entschuldigen Sie. Ich habe heute etwas Stress gehabt. Da gehen manchmal die Pferde durch. Ich bin sicher, Sie haben genug Erfahrung, um sich in diesen delikaten Situationen angemessen verhalten zu können. Und nun entschuldigen Sie uns bitte. Wir müssen noch das Fest am Sonntag kurz durchsprechen.«

Samari und Baptista standen auf und verabschiedeten sich reserviert. Vor der Tür atmete André kurz durch. »Also, ich hätte ihn nicht gewählt. Da fehlt mir doch die Herzlichkeit.« Die beiden grinsten. Dann meinte André: »Ich brauche jetzt ein Telefon. Dann kommen wir weiter. In der Bar war eins. Das reicht.« Sie gingen die wenigen Schritte zum Hafen und schnurstracks in die Bar. André telefonierte in der hinteren Ecke der Bar, während Baptista sich mit einer Cola an einen der sonnigen Tische setzte. Maria ging ihm durch den Kopf. Er hatte Sehnsucht nach ihrer warmen Brust. Wie eigenartig, sich am Ende der Welt so wohl zu fühlen. In Berlin und Brüssel hatte er nie dieses Gefühl von Heimat. Alles war dort immer sehr wichtig und er spürte manchmal die Erregung, in der Nähe der Macht zu sitzen. Aber zu Hause war woanders. Vielleicht könnte er André den Nachmittag über beschäftigen? Dann wäre sicher auch Zeit für Maria.

Samari setzte sich zu ihm an den Tisch. »Die Sache erweist sich einfacher als gedacht. Geropharm hat auf São Miguel ein Projektbüro, direkt in Ponta Delgada. Ich habe Adresse und Telefonnummer. Den Deal in Corvo macht aber ein internationales Maklerbüro mit dem überaus zarten Namen ›Waleswood Real Estate, Inc.‹ Die sitzen einfach überall und haben sich auf den Verkauf großer zusammenhängender Areale spezialisiert. Da dürfte der Verkauf einer Insel genau die richtige Kragenweite sein. Natürlich haben die auch ein Büro in Ponta Delgada, und zufällig in der gleichen Straße wie Geropharm. Aber der eigentliche Clou an der ganzen Sache kommt jetzt: Der Chef des Maklerbüros auf São Miguel heißt João Ernestão!« »Wie bitte?«, fragte Baptista sichtlich überrascht. »Du hast ganz richtig gehört. Der Bruder von deinem allseits vertrauten Ernestão. Die Ernestãos spielen offensichtlich ihr eigenes Spiel.« »Dazu passt jedenfalls, dass die beiden auf São Miguel als Juristen gearbeitet haben. Offenbar hatten sie auch Zeit für andere Dinge.« »Nun hast du deine Spur gefunden. Aber ...« »... keinen einzigen Beweis in der Hand. Ich weiß. Danke für den Hinweis. Was mir vor allem fehlt, ist der Ablauf am Abend. Ich habe nicht die geringste Ahnung, wer Francisco getötet haben könnte.« »Dann gehen wir doch zu Ernestão. Vielleicht wird er kooperativer, wenn wir ihm sagen, was wir über ihn wissen.« »Das ist keine gute Idee. Ernestão ist äußerst intelligent. Entweder führt er uns an der Nase herum, oder er ruft die Herren mit den schwarzen Anzügen als Verstärkung hinzu. Ich möchte zuvor noch einmal mit Franciscos Frau sprechen. Denn eine Sache haben wir bisher noch nicht klären können: Wie gehört da Silva in das Puzzle?« »Gut, gehen wir.« André Samari legte etwas Kleingeld auf den Tisch. Dann liefen sie zu Franciscos Frau.

Sie brauchten eine Weile, um Maria Grazias Haus zu erreichen. Baptista erinnerte sich, dass er mit Delgado hier immer mit dem Auto herkam. Während des Weges diskutierte er mit André Samari noch mal ausführlich über die verwickelten Fäden des Falles. »Ohne da Silva kommen wir keinen Schritt weiter. Warum kauft er das Land und behauptet, er würde hier ein Touristenparadies aufbauen? Entweder er arbeitet mit Ernestão zusammen oder er handelt auf eigene Faust.« »Auf eigene Faust würde in diesem Fall ja wohl bedeuten, dass er mit den Amarals gegen die Delgados kooperiert. Dann würde er gegen seine eigene Familie handeln. Das macht doch keinen Sinn.« »Wie hängt Ernestão eigentlich in dem Familienstamm?«, fragte Samari. »Darüber habe ich mir bisher noch keine Gedanken gemacht. Es kann gut sein, dass es eine Verwandtschaft zu den Amarals gibt, die mir Maria nicht gesagt hat.« André blieb kurz stehen. »Diese Insel ist wirklich überwältigend.« Die beiden genossen den fantastischen Ausblick auf das Meer, das sich vor die vulkanische Landschaft ergoss und über das Wattebauschwolken zogen. »Da drüben ist das Haus von Maria Grazia«, meinte Baptista.

»Entschuldigen Sie die Störung, Maria. Heute ist mein Kollege André Samari eingetroffen. Wir haben noch kurz einige Fragen.« Maria Grazia war den beiden Besuchern freundlich gesonnen. »Warten Sie. Ich wasche mir nur schnell die Hände.« Nach einigen Minuten tauchte sie wieder auf. »Haben Sie schon einmal von der Firma Geropharm gehört?«, fragte sie Baptista direkt. Maria überlegte kurz. »Francisco hat am Abend vor seiner Ermordung den Namen erwähnt. Nicht zu mir. Mit mir sprach er niemals über solche Themen. Er rief seinen Vater an und erwähnte dabei den Namen. Was hat es damit auf sich?«

»Geropharm ist ein internationaler Konzern, der eine Art Rundumversorgung für Senioren aufbauen möchte. Dazu sollen die gesamten Käufe der Herren in den schwarzen Anzügen dienen. Francisco hat sich am letzten Abend mit diesen Herren getroffen. Das hat mir Sebastião gesagt. Ich glaube ihm. Aber Sie, Maria, wollten ihr Land an da Silva verkaufen. Und da Silva hat andere Interessen als die Makler, die für Geropharm arbeiten. Wir müssen die Puzzle-Teile zusammenfügen. Und uns fehlt da Silvas Rolle in dem Ganzen. Da möchten wir Sie fragen, was es mit da Silva auf sich hat.«

Maria schaute sich erschreckt um. Dann rückte sie ganz nahe an Jao und André. »Sie sind überall. Es stimmt. Francisco wollte das Land nicht verkaufen. Aber ich. Deswegen habe ich mit da Silva gesprochen. Irgendwann sind dann die Herren in den schwarzen Anzügen erschienen. Sie haben Francisco irgendwie bedrängt, bedroht. Ich weiß nichts, weil mir Francisco einfach nie etwas erzählte. Nur am Abend vor seinem Tod, dem Dienstag, da telefonierte er wütend mit seinem Vater und sprach von Kriminellen und eben von Geropharm. Ich habe keinen Zusammenhang zwischen dem Verkauf des Landes und Geropharm gesehen, bis Sie es jetzt gesagt haben. Und was da Silva betrifft: Er bietet mir einen guten Preis. Ihm geht es darum, dass die Delgados nicht ihren Einfluss verlieren. Meiner Meinung nach interessiert sich so ein schleimiger Typ wie da Silva nicht im Geringsten für internationale Konzerne. Er will hier vor Ort die Dinge geregelt wissen.«

»Ob da Silva von Geropharm etwas weiß?«, überlegte Baptista. »Vielleicht hat er einfach versucht, die Pläne von Amaral zu durchkreuzen? Wie auch immer – was wir im Moment vor allem wissen müssen: Was geschah in der Grotte?« »Fragen Sie doch Pão«, schlug Maria vor. »Er sieht manchmal Dinge, die andere nicht sehen wollen oder können.« »Das ist eine gute Idee«, meinte Baptista. »Bitte reden Sie ihm doch zu, dass er uns etwas mehr unterstützt. Meine Gespräche mit Pão waren bisher wenig ergiebig.« »Pão zureden? Er hat seine sehr eigene Haltung zu den Dingen und lässt sich von mir bestimmt nicht umstimmen. Aber vielleicht unter dem Gesichtspunkt, dass wir schon am Montag die Insel verlassen können, wenn der

Fall geklärt ist ... ich versuche mein Bestes.« Baptista und Samari verabschiedeten sich und machten sich auf den Rückweg nach Vila Nova.

Freitagnachmittag, 21. Juni

Nachdem sie einige Minuten gelaufen waren, begann Baptista zu überlegen, wie er André für den Nachmittag sich selbst überlassen könne. Er sehnte sich nach Maria. Alles in ihm verzehrte sich nach ihren Armen, ihren Lippen. Ihm fiel aber nichts Geschicktes ein und er wollte sich vor André keine Blöße geben. Der würde ihn damit die nächsten zehn Jahre aufziehen. André hielt an und holte tief Luft. »Es ist unglaublich schön hier. Heute Nachmittag gibt es ja nichts Konkretes zu tun und ich bin ziemlich abgespannt von der Reise. Ich werde die Insel erkunden. Zum Abendessen bin ich rechtzeitig zurück.« »Für eine Wanderung ist mein Knöchel noch nicht tauglich. Ich warte einfach im Zimmer nach einem guten Mittagsschläfchen.« Baptista war sehr zufrieden. Sie aßen noch kurz ein kleines Omelette in der Bar und kehrten in die Pension zurück. Dabei sprachen sie nur wenig miteinander. Beide wollten ihrer eigenen Wege gehen. Sie wussten voneinander, dass sie ab und ab dieses Bedürfnis hatten und sie schätzten aneinander, dass in diesen Momenten keiner den anderen belästigte.

In der Pension angekommen packte André seine Wanderschuhe aus und startete zu seiner Tour. Baptista notierte sich noch einige Dinge und überlegte, wie er die fehlende Mordwaffe durch Indizienbeweise ersetzten sollte. Dann klopfte es und Maria trat herein. Er legte seinen Stift hin und trat auf sie zu. Sie schauten sich in die Augen, genossen es, den verzehrenden Blick des anderen zu sehen. Ihre Herzen begannen schneller zu klopfen. Die Kleider fielen auf den Boden und die Luft fand keinen Platz mehr zwischen ihren Körpern. Jao vergaß die Welt um sich. Als er aufwachte, sagte er: »Am Ende bleibt von allem nur dieser Augenblick. Kein Mord, kein Hass. Es bleibt, wie wir beide uns liebten. Sonst nichts.« Maria drückte sich an ihn. Dann stand sie auf. Er liebte es, wie sich ihre Hüften bewegten und wie sich ihre Brust dehnte, wenn sie sich anzog. »Wer ist dein Freund?«, fragte sie Jao. »André? Ich kenne ihn länger als ich Jahre zählen kann. Wir haben uns bei Ermittlungen zu einer Schlepperbande kennengelernt. Er schrieb eine Reportage darüber und ich machte den Polizeikram. Wir entdeckten, dass wir uns gegenseitig enorm viel helfen konnten. Zwar erst widerwillig, aber schließlich wurden wir Freunde. Nun ja, wie Männer eben Freunde werden. Keine Gefühle, cool bleiben und die Dinge regeln.« Maria musste grinsen. Jao schwang sich aus dem Bett und zog sich an.

»Ich wollte dich noch etwas Dienstliches fragen«, fuhr Baptista fort. »Es gibt hier offensichtlich zwei Gruppen, die Land kaufen. Wie passen da Silva und Ernestão in das Bild?« Maria dachte kurz nach. »Das ist doch offensichtlich. Ernestãos Mutter war ein uneheliches Kind von Franciscos Großvater. Er suchte seit vielen Jahren eine Möglichkeit, zu den Amarals zu gehören. Deswegen hat er Francisco auch das Geld geliehen. Und er hat offensichtlich die Drecksarbeit für Hernandez erledigt. Amarals Söhne sind für Geschäftsverhandlungen bestimmt auch etwas zu einfach gestrickt.« »Und da Silva?« »Da Silva war schon immer der Meinung, dass er die Geschicke der Delgados bestimmen sollte. Und er ist aufgrund seines unverdienten Reichtums der einzige, der die Amarals noch stören könnte. Er hat Maria Grazia bestimmt einen unverschämt hohen Preis geboten, damit sie ihm das Land verkauft. So wie er den anderen hier sehr viel Geld geboten hat. Bestimmt hat er mit Geropharm auch schon

Kontakt aufgenommen. Oder vielleicht mit einem großen Touristik-Unternehmen. Frag ihn doch einfach. Er kommt sowieso zum Fest hierher.« Sie gaben sich einen Kuss. »Wir sehen uns heute Abend beim Essen.«

Das war der Durchbruch. Jetzt lagen alle Motive klar vor ihm. Er nahm ein Blatt Papier und schrieb die einzelnen Beteiligten und deren Motive auf: Da gab es den Amaral-Clan. Sie versuchten mit Hilfe von Geropharm die Zukunft der Insel in ihre Hand zu bringen und die Delgados durch wirtschaftliche Macht aus ihren politischen Ämtern zu drängen. Ernestão bot sich als entscheidender Helfer an. Er hatte den Kontakt zu Geropharm gemacht und versuchte, die fehlenden Stücke Land durch eine ominöse Maklerfirma hinzuzukaufen. Auf der anderen Seite waren die Delgados, die nicht tatenlos zusehen wollten, wie ihre Macht dahinschmolz. Mit Hilfe von da Silvas Geld und seinen Verbindungen schnappten sie den Amarals die entscheidenden Grundstücke weg und hatten mit dem Land ihre eigenen Pläne.

Als Baptista es so vor sich sah, schien es ihm beinahe trivial. Er konnte sich lebhaft vorstellen, welche Wut aus dieser Konstellation entstehen konnte. Was ihm jedoch nach wie vor fehlte, war der genaue Ablauf am Mordabend und damit auch der Mörder. Dazu würde er morgen mit André zusammen Pão noch einmal in die Mangel nehmen. Er war sich sicher, dass Pão mehr wusste, als er sagte. Es klopfte. Samari war von seiner Wanderung zurück. »Die Insel ist ein Traum. Wenn Francisco in seinem Leben vielleicht nicht der Inbegriff des Guten war, so hat er mir doch diesen wunderbaren Ausflug beschert.« »Franciscos Anteil an seiner Ermordung ist überschaubar gewesen«, erwiderte Baptista trocken. »Ich habe Neuigkeiten. Ernestão ist ein unehelicher Abkömmling des Amaral-

Clans. Er hat die Sache mit Geropharm eingefädelt. Da Silva versucht, die Pläne der Maklerfirma zu unterlaufen und sein eigenes Ding zu machen. Vielleicht hat er sogar ein anderes Unternehmen wegen der Immobilien angesprochen. Am Sonntag kommt er auf die Insel. Wir sollten ihn fragen.« »Wie hast du das denn erfahren?« »In den letzten Tagen habe ich die ein oder andere Quelle hier anzapfen können«, meinte Baptista geheimnisvoll. »Habe verstanden. Ich frage schon gar nicht weiter. Am besten dusche ich mich, um für heute Abend etwas angemessener zu riechen.«

Eine Stunde später brachen Samari und Baptista in Richtung Delgado auf. Wie üblich wurden sie herzlich begrüßt und mit einem außerordentlich leckeren Duft aus der Küche willkommen geheißen. »Der Bürgermeister war heute Mittag nicht sonderlich begeistert, als ihr von Geropharm erzählt habt«, fing Delgado an. »Versteht ihr denn die Situation nicht, in der er steckt? In der wir alle sind?« »Glauben Sie mir, Teo«, antwortete Baptista, »ich bin hier, um einen Mord aufzuklären, nicht um die Wirtschaftspolitik von Calados zu bewerten. Aber wenn in diesem Mord Geropharm verwickelt ist, dann werde ich mich auch mit Geropharm beschäftigen.« »Ich bin Journalist«, schaltete sich André ein, »und beschäftige mich seit einigen Jahrzehnten mit dem Wirken von Großkonzernen auf unser Leben. Je mehr ich darüber weiß, desto weniger ist mir klar, wie es zu bewerten ist. Auf der einen Seite brauchen wir die Organisationsform von Konzernen, damit unsere wirtschaftliche Aktivität überhaupt einen effektiven Antrieb hat. Andererseits benehmen sich Konzerne oft, als gehöre die Welt nur ihnen.«

»Das finde ich sehr abstrakt gesprochen«, meinte Delgado. »Auf Corvo leben wir seit fünfhundert Jahren ohne den Einfluss von Großkonzernen. Jedenfalls ohne direkten Einfluss. Sicher, die Entdeckung Amerikas oder der internationale Flugverkehr zwischen den Kontinenten hat unser Leben hier ermöglicht. Aber es gibt kein großes Unternehmen, das auf Corvo auch nur eine Außenstelle hätte. Und deswegen sind wir auch immer arme Hunde geblieben. Das kann sich nun ändern. Wir werden wie Ischia oder Elba eine exklusive Insel für die Schickeria der ganzen Welt sein.« »Das wünsche ich euch von ganzem Herzen, denn die Insel ist mir sehr lieb geworden in den wenigen Tagen. Aber das sollte nicht auf Kosten eines lang erarbeiteten Friedens zwischen allen hier gehen.« Samari ergänzte: »Ich kenne keine Stadt in Europa, in der es seit 500 Jahren kein Verbrechen gab. Und nun kommt Geropharm mit viel Geld und jemand wird ermordet.«

Delgado schüttelte den Kopf. »Sie haben Recht. Das ist entsetzlich. Aber Geld verändert den Charakter.« »Konzerne haben kein Gewissen«, meinte André lapidar. »Sie haben die gleichen Rechte wie Menschen und werden als ›juristische Personen‹ bezeichnet. Im Gegensatz zu Menschen kennen Unternehmen aber keine Schuld und keine Reue. Wir dürfen sie also nicht alleine bestimmen lassen, was geschieht.« Maria kam herein. »So ernste Gesichter hier? Nicht dass sich hier jemand den Appetit verderben lässt.« Sie bat die drei Männer an den Tisch und servierte eine knusprig gebratene Gans mit einer überaus raffinierten Sauce. In der Tat stoppte das leckere Essen den ernsten Gesprächsverlauf und Teo begann zu erzählen, wie ihn Maria damals mit ihren Kochkünsten verführt hatte. Mit einem passenden Pico herrschte gleich eine unbeschwerte Atmosphäre. André berichtete von seiner letzten Reportage in Neuseeland, wo ungeheure Umweltsünden stattfanden und von seinem vergeblichen

Versuch, eine gute Freundin dort vom Genuss einer Kiwi zu überzeugen, die in Neuseeland als ungenießbar gilt. Maria servierte zum Abschluss ein alles überragendes Dessert mit Marillen, einer geheimnisvollen Creme und Mandelsplittern. Als sie am Ende des Abends aufbrachen, gab ihnen Teo noch einmal den gut gemeinten Ratschlag, bei ihren Nachforschungen auch das Wohl der Insel im Auge zu behalten.

»Was für ein traumhafter Tag«, meinte André. »Vielleicht habe ich morgen auch noch etwas Zeit für einen Ausflug.« »Morgen gehen wir in die Offensive. Ich möchte endlich diese Herren in den schwarzen Anzügen sehen. Und wir sollten mit Geropharm telefonieren. Die finden es bestimmt auch nicht lustig, wenn wir mit den ganzen Verwicklungen an die Öffentlichkeit gehen.« André sah enttäuscht aus, dass aus seinem Ausflug wohl nichts werden würde. Sie kamen am Hotel an und verdrückten sich in ihre Zimmer. Baptista war müde von dem langen Marsch zu Maria Grazia, dem Schäferstündchen mit Delgados Frau und allem, was die Welt ihm sonst noch auf die Schultern lud. Er schlief schnell und traumlos ein.

Samstag, 22. Juni

Samari weckte ihn mit lautem Klopfen. »Jao«, flüsterte er unüberhörbar. »Ich habe das Haus entdeckt, in dem sie sitzen.« Baptista schreckte hoch. Er dachte, dass er von jemandem bedroht wurde. Als er zu schnell aufstand, um zur Tür zu gehen, wurde ihm schwindelig und er fiel hin. André hörte den Krach und rief durch die Tür: »Ist dir was passiert?« Baptista stöhnte nur kurz. Sein Knie war aufgerissen und schmerzte. Er drückte ein Taschentuch darauf und humpelte zur Tür. »Komm rein. Und weck mich nie wieder ohne direkte Todesdrohung.« André trat ein und konnte sich das Grinsen kaum verkneifen. »Es gibt wirklich niemanden, der die Kunst der Selbstverletzung so perfektioniert hat wie du.« Baptista sah ihn verzweifelt an. »Ich weiß auch nicht. Bitte gib mir doch mal das Verbandszeug.« Samari half ihm, das Knie ordentlich zu verbinden.

»Ich bin heute Nacht kaum zum Schlafen gekommen. Ständig gab es ein gellendes Schreien von Vögeln und irgendwelche dumpfen Schläge. Was ist das?« »Das sind Sturmtaucher. Sie fliegen gegen die Scheiben.« »Wie auch immer. Deswegen bin ich heute früh etwas herumspaziert und habe tatsächlich einen Typen in einem Anzug gesehen. Er hat, glaube ich, einfach fürs Frühstück eingekauft. Ich bin ihm zu einem Haus gefolgt.« »Ist es da, wo wir das Fernglas gesehen haben?« »Ich glaube. Aber vielleicht sollten wir nicht zu lange warten, sonst ist dort niemand mehr.« »Gut. Ich ziehe mich schnell an. Warte doch unten.«

Baptista zog sich vorsichtig an und versuchte, Berührungen mit seinem Knie zu vermeiden. Dann ging er hinunter. Senhora Lancha war noch nicht an der Theke. Es war zu früh. Samari und Baptista liefen durch den beinahe ausgestorbenen Ort. Er strahlte eine intensive Ruhe aus. Als gäbe es hier keine Menschen, einfach eine Insel mit Häusern und Frieden. Die Türen und Fenster leuchteten in den kräftigen Farben der Morgensonne. Hortensien verbreiteten ihre Pracht. Kaum ein Geräusch. Nur das Rauschen des Meeres.

Samari führte ihn zielsicher zu einem Haus. »Hier ist es. Was sollen wir machen? Reingehen?« »Es könnte sein, dass wir da drinnen den Mörder von Francisco finden. Hast du eine Waffe?« »Nur meine Fäuste. Aber die haben bisher auch immer gereicht.« »Gut. Gehen wir rein.« Sie klopften an die Tür, traten aber nicht ein, wie es auf Corvo üblich war, sondern warteten, ob jemand öffnen würde. Eine missmutige Stimme kam näher und ihnen stand ein schlanker, vielleicht dreißigjähriger Mann gegenüber. Der etwas zu große Anzug schlackerte an ihm. Sein Gesicht war faltenfrei und jugendlich glatt. »*Bom dia*. Was gibt es, Senhores?«, sagte er mit einer jungenhaften Stimme. »*Bom dia*. Ich bin Comissário Baptista und das ist mein Kollege Samari. Wir ermitteln im Mordfall Amaral. Dürfen wir bitte eintreten?« »Bitte warten Sie kurz.« Der Kerl ging nach hinten und sprach kurz mit einem anderen. Dann kam er wieder und bat André und Jao herein.

Sie gingen durch einen dunklen Gang in ein Wohnzimmer. Dort saß ein vielleicht fünfzigjähriger, korpulenter Mann. Er hatte graumeliertes Haar und einen schwarzen Schnurrbart, was ihm ein nobles Aussehen gab. Auch er hatte einen schwarzen Anzug, den er allerdings gut ausfüllte, und trank einen Galão. »Was können wir für Sie tun?« »Sie können uns helfen, einen Mordverdacht, der auf Ihnen beiden lastet, zu entschärfen.« »Wie bitte?

Ein Mordverdacht?«»Sie sind Fremde auf dieser Insel ...«
»... was wohl kaum verboten ist.« »Aber Aufsehen erregend. Sie meinen zwar, Sie würden hier alles beobachten. Aber es ist genau umgekehrt. Sie beide werden von allen anderen haargenau beobachtet. Und sie wurden in der Nacht, als Francisco ermordet wurde, mit ihm zusammen in der Grotte gesehen!«

Die beiden Männer schauten sich an. Sie hätten sich wohl gerne abgesprochen. Das ging unter diesen Umständen aber wohl nicht. Der Jüngere bekam plötzlich Angst. »Wir waren es nicht. Ich habe damit nichts zu tun.« »Dann erzählen Sie uns, was geschah.«

»Wir sind Geschäftsleute. Wir bieten den Bewohnern von Corvo Geld für ihr an sich armseliges Land an. Aber vor einigen Wochen ist dieser da Silva hier aufgetaucht. Er hat uns einige sicher geglaubte Geschäfte vor der Nase weggerissen. Und Corvo ist nicht so groß. Wir brauchen unbedingt ein großes zusammenhängendes Areal. Sonst können wir es nicht weiterverkaufen. Dann bleiben wir auf dem Vulkangeröll sitzen. Was uns fehlte, war Franciscos Grundstück. Er wollte es aber partout nicht verkaufen. Da haben wir ihm eben etwas deutlicher gemacht, dass wir sehr hartnäckig sein können.«

Baptista hatte mit einfachen Handlangern zumeist Mitleid. So war es auch diesmal. Die beiden verdienten wohl am wenigsten an dem Ganzen und erkannten die größeren Zusammenhänge vielleicht nicht einmal. Es waren zwei eher schüchterne Typen, die allerdings sehr aggressiv werden konnten, wenn man sie in die Ecke trieb. »Und wie lief das Gespräch mit Francisco ab?«, fragte er. »Francisco war krank im Kopf«, sagte der Ältere. »Wir haben uns am Abend mit Ernestão in der Grotte verabredet. Ernestão steckt hinter dem ganzen Deal, obwohl wir die

Anweisungen aus São Miguel bekommen.« »Und dann?«
»Wir haben Francisco gedroht, dass wir die Sache mit der
Kleinen auffliegen lassen werden, wenn er nicht verkauft.
Francisco ist daraufhin ausgerastet. Er tobte wie wild. Dann
machte er eine Kehrtwende und bot uns seine Tochter als
Gegenleistung an. Aber so was machen wir nicht. Das gibt
Ärger. Dann fing Francisco an, auf uns loszugehen. Zum
Glück tauchte in diesem Moment Ernestão auf. Er nahm
einen Stein und schlug ihn auf Franciscos Kopf. Dann gin-
gen wir. Ich schwöre, dass Francisco zu diesem Zeitpunkt
noch lebte.«

»Und warum spioniert ihr mir nach?«, fragte Jao. »Wir
sollen einfach melden, was Sie machen. Keine Ahnung,
was die in Ponta Delgada mit den Informationen anfangen.« Baptista schüttelte unverständig den Kopf und bat
die beiden, ihre Personalien auf ein Formular zu schreiben, das er aus der Tasche zog. Dann ließ er sie in Ruhe.
Vor der Tür fragte er Samari: »Was hältst du von der
Geschichte?« »Die beiden wirken glaubwürdig. Wenn es
stimmt, was sie gesagt haben, dann fehlt uns aber immer
noch der Mörder. Wir müssen Pão fragen. Sonst haben
wir keinen mehr. Ernestão wird uns nicht weiterhelfen.
Wie auch immer. Ich muss jetzt was frühstücken.«

Sie gingen zu Senhora Lancha zurück, die sichtlich
überrascht war, als die beiden durch den Eingang mar-
schierten. »Haben die Herren schlecht geschlafen?« »Ob
Sie es glauben oder nicht, wir mussten arbeiten.« »Um
diese Uhrzeit? Auf Corvo? Wie soll ich das glauben? Setzen Sie sich erst einmal. Sie kommen ja noch rechtzeitig
zum Kaffee. Daher sei Ihnen verziehen.« Alle genossen
den Moment der Ruhe, den das Frühstück bot. André
unterbrach die Ruhe: »Wir müssten etwas länger telefonieren. Können wir das von hier aus tun?« »Tun Sie sich

168

keinen Zwang an.« Ohne zu zögern, nahm André den Telefonhörer und rief bei Geropharm auf São Miguel an.

»Hier Samari. Kann ich mal den Chef sprechen? Es geht um Corvo.« André zwinkerte Jao zu, als Zeichen, dass alles auf dem besten Wege sei. Dann gab er den Hörer einfach an Baptista weiter. »*Bom dia*, Mister Jason. Sie kennen mich nicht. Mein Name ist Jao Baptista. Ich ermittle im Auftrag der EU einen Fall auf Corvo. Eine zentrale Rolle spielt dabei ein Maklerdienst, den Geropharm beauftragt hat Land zu kaufen.« Baptista wurde von einem Wortschwall von Mister Jason unterbrochen. Er würde von der Sache nichts wissen, die Maklerfirma sei international anerkannt und überhaupt sei Geropharm nur an Lösungen im Sinne aller Beteiligten interessiert. Baptista fiel dazu nicht viel ein. Ein aalglatter Manager. Er bedankte sich und legte wieder auf. »Ich bin nicht auf der Höhe. Er hat mich niedergeredet. Du hast mich zu früh geweckt. Ich lege mich noch mal hin. Außerdem tut mein Knie fürchterlich weh.« Baptista humpelte nach oben und ließ den verblüfften André Samari zurück. André zögerte nicht lange und machte noch einen Ausflug, von dem er nachmittags begeistert zurückkehrte.

Maria erschien diesmal zu Baptistas Bedauern nicht. Dann erinnerte er sich, dass sie wegen der Festvorbereitungen keine Zeit hatte. So vertrödelte er gemeinsam mit André den Tag und pflegte sein geschundenes Knie. Je länger er auf Corvo war, desto mehr genoss er die Insel. Er spürte, dass diese eigenartige Landschaft und die ganz besonderen Menschen in ihm etwas lösten, was seit langer Zeit festgefahren war. Eine Liebe, den Augenblick zu genießen und entspannt zu wissen, dass der nächste bald folgen wird.

Sonntagmorgen, 23. Juni

Samari und Baptista standen früh auf. Sie hatten beide das Gefühl, sich auf diesen Tag vorbereiten zu müssen und sich überlegt, den Gottesdienst zu besuchen, mit dem das Festa do São Pedro begann. Es würde bestimmt ein besonderes Erlebnis sein. Möglicherweise tauchte da Silva auf. Senhora Lancha begrüßte sie schon zum Frühstück in einem festlichen Kleid. Offensichtlich war das auch für sie ein besonderer Tag. Der Frühstückstisch war mit Blumen dekoriert und der Kaffee schmeckte besonders gut. Sie gingen gemeinsam zur Kirche. Auf dem Weg dorthin waren vor allem die Kinder damit beschäftigt, die großen Straßen zu schmücken.

Vor der Kirche hatten sich zu Ehren des heiligen Petrus schon viele Menschen versammelt. Vielleicht sind auf diesem Platz alle Menschen der Insel, dachte Baptista bei sich. So war es aber nicht. Pão fehlte beispielsweise. Auch einige andere wie der alte Bastelio hatten mit der Kirche kein friedliches Verhältnis. Die Anwesenden hatten ihre besten Kleider angezogen und sich die Haare aufwendig frisiert. Die Mädchen waren zauberhaft anzusehen und die kleinen Jungen wirkten so adrett, wie die Eltern es sich wünschten. Ein Gefühl von Ehre und Stolz ergriff alle. Baptista und Samari stellten sich zu Delgado und dessen Frau. »Was für ein schönes Fest«, sagte Baptista. »Da vergisst man doch sofort die schlimmen Dinge, die in letzter Zeit geschehen sind«, antwortete Delgado. »So etwas haben Sie in Berlin bestimmt nicht so oft.« »Da haben Sie recht.« Baptista erwähnte nicht, dass er sehr froh war, dass es sich so verhielt. Denn die Kehrseite des Festes war der unvermeidliche sanfte Druck von Mutter Kirche auf die Schäfchen. Ein Druck, der nur in der überschaubaren Welt eines kleinen Dorfes seine wahre Wirkung entfalten konnte.

Dann läuteten die Glocken zur Messe. Die Menschen strömten in die kleine Kirche. Sie war bis auf den letzten Platz besetzt. Die ansonsten eher einfache Kirche war mit Blumen und Kerzen wie ein Festhaus geschmückt. Man konnte die Liebe zum Detail erkennen. Der Priester hatte ein festliches Gewand an und begann die Messe zu lesen. Die Predigt war in etwa so, wie es sich Baptista vorgestellt hatte. Es wurde nur der Familie der Christen gedacht, die sich den Dogmen unterwarfen, den katholischen Christen. Dem Rest der Weltbevölkerung, der ja durchaus beachtlich ist, wurde weder etwas Gutes gewünscht, noch wurde er erwähnt. Baptista stieß André in die Seite, als dieser zu gähnen begann. Sie waren schließlich nicht nur wegen der Messe hier.

Die Kirche war wie zweigeteilt. Der Delgado-Clan war auf der rechten Seite und der Amaral-Clan auf der linken. Genau passte es von den Plätzen nicht, aber offensichtlich hatte man sich Mühe gegeben, die Trennung einigermaßen aufrecht zu erhalten. Ernestão stand direkt hinter Hernandez Amaral. Er flüsterte ihm ins Ohr. Amaral lächelte zufrieden und schrie das ›Amen‹ besonders laut heraus. Baptista bekam durch ein Kribbeln an seinem Arm eine Gänsehaut. Als er neben sich schaute, sah er, dass Maria seinen Arm streichelte. Erschreckt zog er ihn weg. André hatte es bereits gesehen. Er grinste Jao wissend an.

Irgendwann schienen alle genug von der Predigt zu haben. Lediglich drei oder vier Greise frönten weiter ihrer Trauer. Dann wurde zum Glück das Vaterunser gebetet und die eigentliche Feier konnte beginnen. Als die Menschen wieder nach draußen strömten, war der kleine Platz vor der Kirche über und über mit Blumen geschmückt. Aus Blüten, weißen und schwarzen Steinen war eine riesige Rosette gelegt worden. Sie stand den Kirchenfenstern in keiner Weise nach. Eine kleine Kapelle spielte zu Ehren des Heiligen auf einer winzigen Bühne. Alle begannen nun ausgelassen miteinander zu sprechen. Baptista und Samari waren aus diesen Momenten der Ausgelassenheit ausgeschlossen. Sie waren froh, dass sie zu zweit waren. Daher entschlossen sie sich nach einer Viertelstunde, die Gelegenheit zu nutzen und Pão zu besuchen. Als sie sich verabschiedeten, wurden sie von Delgado zum Festmahl eingeladen. Aber noch andere Augen verfolgten ihr Weggehen.

André hatte sich am Abend vorher einen Motorroller geliehen. »Ich wusste doch, dass er zu etwas zu gebrauchen ist«, meinte er. Baptista sah sehr skeptisch auf das Gerät. Er fuhr nicht gerne auf Rollern. In seiner Jugend hatte er einen schlimmen Unfall damit gehabt. Und dann war da auch noch André, der für seinen ungehobelten Fahrstil berüchtigt war. Aber er hatte keine Wahl. Selbst ohne sein schmerzendes Knie hätte der Marsch zu Pão heute zu lange gedauert. Außerdem ärgerte er sich, dass er nicht selbst auf die Idee gekommen war, einen Roller zu leihen. Er hätte damit viel unabhängiger von Delgado agieren können. Schließlich stieg er seufzend auf. »Übrigens haben wir Zeit«, meinte Jao lakonisch. Er wusste, es war sinnlos. »Habe ich da ein leises Danke gehört?«, sagte Samari. Dann fuhr er in seinem dramatischen Stil los und Baptista war nur noch damit beschäftigt, sich so festzuhalten, dass er nicht runterfiel. Sie bemerkten nicht, dass ihnen in einigem Abstand ein Wagen folgte.

Der Weg zu Pão war nicht zu verfehlen. Mit dem Roller fuhren sie entlang des Caldeirão. Der Krater war bis zum

Rand mit Nebel gefüllt. Man konnte den Boden durch die Schwaden kaum erkennen. Mit dem Roller konnten sie fast bis vor Pãos Haus fahren. Er kam aus der Tür, als er das Geknatter des Rollers hörte. »Trauen Sie sich nicht mehr alleine hierher, Baptista?«, rief er den beiden entgegen. »Das ist Pão Amaral, das ist André Samari. Ein Arbeitskollege und guter Freund.« »Was wollen Sie denn nun schon wieder. Noch nicht einmal an einem Feiertag hat man vor Ihnen Ruhe.« Baptista dachte, dass er auch nie Ruhe vor sich selbst hatte. Sie gingen in das Haus. »Es haben sich wieder Neuigkeiten ergeben. Wir haben die Herren in den schwarzen Anzügen getroffen und mit Geropharm telefoniert. Die Sache scheint klar zu sein. Francisco hat zu hoch gepokert. Da Silva und Ernestão haben ihr Spiel mit ihm gespielt. Aber wir wissen nicht, wer ihn getötet hat. Und ich glaube, Sie wissen es.« »Wie kommen Sie denn auf diese Idee?«

»Die Herren haben geplaudert«, sagte Baptista. »Sie haben von der Schlägerei erzählt. Und ich habe den Stein mit Blut hier gefunden. Hier bei Ihnen. Aber ihr Bruder starb durch keinen Stein. Er lebte noch. Sie müssen zu ihm gegangen sein, sonst wäre der Stein nicht hier gewesen. Was haben Sie gesehen?« Pão begann wie ein bedrohtes Tier in einer Ecke im Kreis zu gehen. Er raufte sich die Haare. »Sie glauben, es würde alles besser, wenn es in einem Polizeibericht stehen wird!«, schrie er plötzlich. »Nichts wird besser. Sie verstehen doch überhaupt nichts. Was wissen Sie von dieser Insel? Nichts. Gar nichts. Wir leben hier eng zusammen, weil es keinen Platz gibt. Oder man reißt sich das Herz heraus und verlässt die Heimat.« »Ich will Ihnen helfen, Pão. Ihre Kinder und Maria bekommen eine neue Chance. Aber Sie müssen mir sagen, was an diesem Abend geschehen ist.«

Wieder rang Pão mit sich. In seinem Gesicht wechselten sich Schmerz und Wut ab. »Maria und ich waren so dumm. Wir sind zu Ernestão, weil wir wollten, dass er uns hilft. Dann sind wir zu dritt zur Grotte. Aber Francisco war schon mit den Männern dort. Es hatte keinen Sinn, zu ihm zu gehen. Maria und ich wollten umkehren. Ernestão meinte, er schaue mal nach und verschwand. Wir warteten. Dann hörten wir die Prügelei und sahen, wie erst die Männer, dann Ernestão aus dem Verschlag kamen. Danach sind Maria und ich zu der Grotte. Wir ahnten das Schlimmste.« »Was haben Sie gesehen?« »Die Grotte lag in völliger Dunkelheit. Wir beleuchteten mit einer Taschenlampe den glitschigen Weg. Dann fiel mir die Lampe ins Wasser. Wir liefen im Dunkeln weiter und hielten uns an den Händen. Plötzlich ging im Inneren der Grotte Licht an. Wir erschraken ungeheuerlich. Zwei Gestalten hatten sich hinter dem Verschlag in der Grotte versteckt und abgewartet, bis alles ruhig war. Sie standen auf und gingen in den Verschlag. Als wir nichts mehr hörten, fassten wir uns ein Herz und gingen hinterher. Was wir dann sahen, ließ uns das Blut in den Adern gefrieren. Die zwei Gestalten beugten sich über Francisco, der ohnmächtig am Boden lag. Die eine hob ein Messer und stach zweimal zu. Sie schrie: ›Du verdammter Bastard.‹ Dann nahm die andere das Messer und stach ebenfalls zu. Sie zündeten sie sich seelenruhig Zigaretten an und drückten sie auf dem toten Körper aus. Es gab ein zischendes Geräusch. Eine der beiden spuckte auf den Toten. Als sie sich langsam erhoben, sahen wir die Gesichter der beiden. Es waren Marias Schwestern. Sie sahen uns an. Irgendwie zufrieden. Wir nahmen den toten Francisco und warfen ihn ins Meer. Auf dass er als Fischscheiße auf dem Meeresgrund verrotten mag!« In dem Raum herrschte völlige Stille. Pão, André

175

und Jao sahen sich wortlos an. Sie dachten die gleichen Gedanken. Lorenzía und Sophia hatten nicht mehr mit ansehen können, wie Francisco die ihnen anvertraute Luzía missbrauchte. Baptista fühlte noch einmal diesen Schmerz, den er schon letztes Jahr beim Auftauchen seiner Schwester gefühlt hatte. In ihm war etwas Unsagbares, dass er so gern sagen können würde. Über die Gerechtigkeit, die der Mord an Francisco hatte. Und der Ungerechtigkeit, dass Marias Schwestern dafür zahlen sollten. Dass aber niemand jemand anderen töten sollte. In der Mitte dieser Gedanken gab es etwas Unsagbares. Jedes Mal begann der Weg aus dem Labyrinth in dieser Unsagbarkeit. Dann suchte er den Weg hinaus von einer Sackgasse zur nächsten. Aber wenn er endlich am Ausgang der Gedanken ankam, dann zeigte sich, dass dort nichts war. Auch nur Leere.

Baptista ergriff das Wort als erster. »Wir finden einen Weg. Vertrauen Sie mir, Pão. Wir finden einen Weg.« Pão fiel in sich zusammen. Samari und Baptista stützten ihn. »Es ist das beste, wir fahren zu Maria und gehen dann zu Delgado«, sagte Jao. Sie schleppten den willenlosen Pão zu dessen Wagen. Jao Baptista stieg auf der Fahrerseite ein, André Samari nahm den verbliebenen Roller.

Sie fuhren langsam Richtung Vila Nova. Immer noch war im Krater dichter Nebel. Er verbreitete eine unheimliche Stimmung. Baptista sah in dem Dunst eine verschwommene Gestalt auf der Straße stehen. Erst dachte er, es sei nur der Schatten eines Baumes. Wer sollte bei diesem Wetter hier draußen sein? Dann hörte er über das Motorengeräusch hinweg ein angstverzerrtes Schreien. Er hielt an und stieg aus. Auch Pão hatte den Schrei gehört. Die beiden verständigten sich, jetzt leise zu sein. Sie schlichen in Richtung der Gestalt. Die dichten Nebelschwaden ließen keinen klaren Blick zu.

Dann hörten sie die Gestalt wimmern und flehen. Sie gingen näher, achteten aber darauf, immer in Deckung zu bleiben. Zwei andere Stimmen mischten sich ein. »Sag uns, wie du sterben willst, du elende Kakerlake.« »Ich gebe euch mein Geld, alles was ihr wollt. Ihr könnt euch ein schönes Leben in den USA machen. Hier, nehmt!« »Meinst du, wir kriegen nicht genug Geld, um die Dinge hier in Ordnung zu halten?«

Baptista und Samari waren nun ziemlich nahe am Geschehen und hielten sich hinter einer kleinen Baumgruppe am Rande des Vulkankraters. »Es ist da Silva!«, raunte Pão Baptista zu. »Und die anderen beiden sind die Anzugträger. Was sollen wir tun?« »Ich habe keine Waffe dabei. Wir können nicht einfach aufstehen und hingehen. Die knallen uns ab!« Dann hörten sie einen dumpfen Schlag. Da Silva schrie vor Schmerz auf. Er hatte einen Tritt in den Magen bekommen. »Du Wurm. Weißt du eigentlich, was du uns für einen Ärger gemacht hast? Auf São Miguel hast du uns mit deiner Bande schon die Geschäfte verdorben. Deswegen sind wir beide Makler geworden. Ein seriöser Beruf. Und jetzt fängst du schon wieder an, dich einzumischen. Mir reißt die Geduld!« Wieder schrie da Silva vor Schmerz.

»Wir müssen etwas unternehmen«, flüsterte Jao. »Sie werden ihn vor unseren Augen töten.« Baptista wusste, dass es sehr gefährlich war, in diese unkontrollierbare Situation einzugreifen. Aber wie er schon vor über zwanzig Jahren seinem Kollegen helfen musste, so ergriff ihn auch jetzt wieder ein innerer Drang, gegen den er sich nicht wehren konnte. Jao ging aus der Deckung der Baumgruppe hervor und schrie: »Sofort Waffen fallen lassen!« Der Ältere zögerte keinen Augenblick und schoss sofort in Baptistas Richtung, verfehlte ihn jedoch wegen der schlechten

Sicht. Da Silva versuchte die Gelegenheit zur Flucht zu nutzen. »Pass auf«, schrie der andere. »Da Silva flüchtet!« Sofort schossen sie auf da Silva und trafen. Er schrie und fiel auf die Erde.

Baptista reagierte reflexartig. Diese Reaktionen hatte er sich in vielen Jahren antrainiert. Er riss Pão auf den Boden. Dann zog er ihn den steilen Vulkankrater hinunter. Sie stürzten einige Meter hinab, blieben aber dank der Büsche unverletzt. Der Nebel dämpfte die Geräusche. Sie liefen durch Gebüsch und matschige Erde. Wieder fiel ein Schuss. Jao fühlte die Hitze der Kugel an seiner Hand. Sie rannten, stolperten tiefer in den Krater. Wo waren sie? Aus dem Nebel kamen die Stimmen der Verfolger, wieder schlug eine Kugel in ihrer Nähe ein. Pão konnte nach einigen Minuten einen Orientierungspunkt erkennen. »Ich weiß, wo wir sind«, flüsterte er. »Weiter unten gibt es eine Höhle. Dort sind wir sicher.«

Sie schlichen langsam weiter. Jedes Blatt, das sich im Wind bewegte, erschien ihnen wie eine Bedrohung. Dann sahen sie einen Schatten auf sich zukommen. Jao fühlte, wie ihn Panik ergriff. Sein Herz begann so laut zu schlagen, dass er fürchtete, er werde entdeckt. Rasch zog Pão Baptista hinter einen Felsen und hob einen Ast vom Boden auf. »Wir hauen ihm eins über den Schädel!« Wie ein Irrer sprang Pão hinter dem Felsen hervor und schlug mit dem Ast los. Der vermeintliche Angreifer wich geschickt aus. »Ich bin's!«, schrie André. Pão begann vor nachlassender Anspannung hysterisch zu lachen, bis ihm Baptista den Mund zu hielt. Zu dritt gingen sie dann in die Höhle unten am Kraterrand, zu der sie Pão führte.

»Was machen wir jetzt?«, fragte André. »Wir verhalten uns still«, antwortete Pão. »Sie können nicht das ganze Tal absuchen. Dafür brauchen sie Tage. Es gibt hier überall

Verstecke. Diese Höhle findet nur jemand, der auf Corvo aufgewachsen ist. Man kann den Eingang von außen nicht erkennen, wenn man nicht schon einmal hier gewesen ist.« »Ruhe!«, flüsterte Baptista. Wieder hörten sie Stimmen. »Verdammter Mist! Sie müssen hier irgendwo sein. Warum muss es heute auch so nebelig sein? Wir müssen den Chef rufen. Mit dem Jeep kommen wir besser durch.« Sie hörten, wie ein Funkgerät krächzte. Anschließend trat völlige Stille ein. Kein Tier gab in dem feuchten Dunst ein Geräusch von sich. Das Blut in Baptistas Ohr begann vor Stille zu rauschen.

Jao kroch zu André. »Wir sitzen in der Falle. Sie holen einen Komplizen. Der fährt gemütlich die einzige Straße hier herunter und leuchtet in jede Ecke, bis er uns gefunden hat. Und wenn wir aus der Höhle gehen, können die beiden Anzugträger hinter jedem Baum stehen.« »Wenn das dein positiver Beitrag des Tages war, will ich den anderen nicht hören«, meinte André süffisant.

Sonntagmittag, 23. Juni

Nach einigen Minuten hörten sie das Knirschen der Reifen. Jemand kam mit einem Geländewagen in den Krater gefahren. Er fuhr das Gelände systematisch ab und hatte auf dem Dach helle Scheinwerfer montiert. »So ein Mist«, sagte Baptista. »Aber es war schon zu spät. Das Auto hielt vor dem Eingang der Höhle. Im blendenden Gegenlicht stieg eine schwarze Gestalt aus. »In heiliger Dreifaltigkeit vereint, die Liga der Gerechtigkeit«, sprach eine giftige Stimme. »Ernestão!«, rief Pão. »Ganz recht, mein lieber Cousin.«

»Was machen Sie hier?«, fragte Baptista höchst alarmiert. »Ungeziefer und Störenfriede beseitigen«, sprach Ernestão mit einer Stimme, die sogar Jao Gänsehaut verursachte. »Senhor Baptista, ich habe Ihnen doch mit meinen Analysen den Weg in die Richtung gewiesen. Es war Pãos Blutgruppe am Stein und am Messer. Warum stöbern Sie hier immer noch herum? Mir reicht es jetzt. Heute Nachmittag werde ich Maria ihr verfluchtes Stück Land abkaufen. Dann wird mich Amaral endlich zu seinem Thronerben machen. Sein erster Sohn ist leider tot und der andere wird die Mittagssonne heute auch nicht erleben.« »Du Schwein«, rief Pão. »Was treibst du für ein Spiel?« »Es ist einfach ungünstig gelaufen«, sprach Ernestão weiter. »Ich hatte ja schon fast alles zusammen, als plötzlich da Silva auftauchte. Ist mir auch egal gewesen. Nur das Grundstück von Francisco wollte ich haben. Aber seine Frau wollte unbedingt an da Silva verkaufen. Da habe ich eben Francisco ein bisschen gedroht. Er hat mir doch tatsächlich angeboten, Luzía auch einmal zu besteigen. Aber ein Kinderschänder bin ich nicht. Ich bin Geschäftsmann. Also habe ich es seinen beiden Schwägerinnen ins Ohr geflüstert, bis sie ihn abgestochen haben. Wie man natürlich so dumm sein kann, die Leiche ins Meer zu werfen, weiß ich auch nicht. Kann doch wieder angeschwemmt werden, nicht wahr? Und ausgerechnet heute muss da Silva auftauchen. Aber unerwartete Probleme kann man lösen.«

»Und was machen Sie jetzt mit uns?«, fragte André. »Mit einem schnöseligen Journalisten?«, spottete Ernestão. »So jemanden wird die Welt nicht vermissen. Die beiden Herren werden wohl auf einem Spaziergang mit dem wahnsinnigen Pão einen Felsen hinuntergefallen sein. Fesselt sie!« Die beiden Anzugträger kamen und legten ihnen Fesseln an, während Ernestão die Waffe auf sie gerichtet hielt. Aber sie hatten André unterschätzt. Als der Jüngere sich hinter ihn stellte, rammte ihm André kurzerhand seinen Ellbogen in den Magen und versetzte nur Bruchteile später dem Älteren einen Kinnhaken. Ernestão war dermaßen verdutzt von Andrés Angriff, dass er nicht mehr reagieren konnte, als dieser ihn mit einem Hechtsprung außer Gefecht setzte. Baptista und Pão kümmerten sich um die beiden Makler und fesselten sie. Für Ernestão hatte sich Baptista seine Handschellen aufgespart. Sie verfrachteten die drei auf die Ladefläche des Geländewagens und stiegen selbst vorne ein. Als Pão den Wagen wendete, hatte die Sonne den Nebel bereits vertrieben. Sie blickten auf die beiden Seen am Grunde des Kraters und die herrliche Vegetation, die die Kraterwände entlang wuchs.

Sie fuhren schnell nach oben, um nach da Silva zu sehen. Der Schuss hatte ihn zum Glück nur am Arm erwischt. Er saß schon wieder und verband sich selbst die Wunde, als sie bei ihm waren. Rasch sprang er in den Wagen. »Mit Ihnen habe ich auch noch ein Hühnchen zu

rupfen«, meinte Baptista. Da Silva bemühte sich, mit dem
schmerzenden Arm möglichst unschuldig auszusehen.
»An wen wollen Sie denn das ganze Land verkaufen, das
Sie hier gesammelt haben? Wer sind denn die Herren
Investoren?« Da Silva druckste etwas herum, aber der
Schmerz seines Arms löste seine Zunge schneller als sonst.
»Also das mit den Edel-Touristen stimmt schon. Aber das
ist nur eine Art Rückversicherung. Die Investoren, die
ich überzeugen konnte, stammen aus der amerikanischen
Schürfindustrie. Sie wollen hier nach Diamanten schür-
fen. Die Erze sind sehr vielversprechend.« »Das wird doch
eine Umweltkatastrophe«, regte sich Samari auf. »Du bist
einfach ein Arschloch«, meinte Pão lapidar. »Mit Maria
und den Kindern bin ich bald weg, aber auf dieser winzigen Insel Schürfstätten zu betreiben ... das bedeutet ja
praktisch eine Entvölkerung.«

Sie fuhren in die Stadt und hielten beim Bürgermeister. Baptista klopfte an die Tür. »Paketpost«, meinte er
sarkastisch. Calados kam in seinem Festtagsanzug vor die
Tür und war sichtlich ungehalten. »Sie wollten doch als
erster wissen, wenn der Fall gelöst ist. Die Lösung liegt
auf der Ladefläche und war geständig, nachdem sie uns
beseitigen wollte.« Der Bürgermeister war sprachlos. Baptista erklärte ihm die Zusammenhänge in kurzen Zügen.
»Und bitte, Herr Calados, kümmern Sie sich endlich um
das Wohl der ganzen Insel, nicht nur um ihr eigenes. Sonst
wird hier womöglich bald niemand mehr wohnen. Und
seien Sie doch so freundlich und geben mir das Messer und
das Vulkangestein wieder.« Baptista hatte richtig getippt.
Dem Bürgermeister stand die Schuld sichtlich ins Gesicht
geschrieben, und er murmelte etwas von ›Kontrolle über
den Verlauf der Dinge‹.

Sie luden Ernestão und die beiden Makler bei Delgado ab und brachten sie in einen abschließbaren Raum. Das Ehepaar nahm da Silva in Empfang und kümmerte sich um ihn. Nun wollte Pão zu Maria Grazia zu fahren. Pão und Maria umarmten sich. »Ich sehe keinen Grund, dass Sie und die Kinder hier bleiben«, meinte Baptista. »Aber bleiben Sie erreichbar. Vielleicht hat der Richter noch Fragen an Sie beide. Viel Erfolg in Amerika.« Maria umarmte Jao, wenn auch nur kurz, und dankte ihm. Sogar Pão schüttelte ihm herzlich die Hand. Mit einem freundlichen Blick wünschten sie ihm und Samari alles Gute.

Dann stand ihnen der schwerste Gang bevor. Sie fuhren zum Inselpolizisten Horazio Theodore. »Der Fall ist gelöst«, begrüßte ihn Jao. »Sophia und Lorenzía haben Francisco getötet.« Dann erzählte Baptista die ganze Geschichte. Senhor Theodore schüttelte sprachlos den Kopf. »Und was soll ich Ihrer Meinung nach jetzt tun?«, fragte Theodore. »Sophia und Lorenzía festnehmen?« »Sie müssen vor Gericht«, sagte Baptista. »Die beiden haben einen Menschen getötet. Dafür müssen sie sich verantworten. Es gibt keine Alternative. Ich bin mir aber sicher, dass sie aufgrund der Umstände ein mildes Urteil erwarten können. Ebenso muss Ernestão vor Gericht. Er wollte André, Pão und mich umbringen. Ernestão und seine Helfer habe ich bereits bei Calados abgeliefert. Im Rathaus kann man sie bestimmt gut in Verwahrung halten. Bei Sophia und Lorenzía besteht keine Fluchtgefahr. Bis zur Gerichtsverhandlung dürfen sie die Insel nicht verlassen. So ginge ich jedenfalls vor.« Senhor Theodore nickte.

Sie stiegen zu dritt in den Wagen und fuhren zu Marias Schwestern. Die Kinder waren zum Glück bereits bei Maria und Pão. Horazio Theodore machte seine Sache gut. Er trug die Dinge den beiden Schwestern sachlich vor. Sophia weinte, Lorenzía zeigte keine Reue. Sie sagte, dass es für sie keine Wahl gegeben hätte. Es wäre gut, dass Francisco tot sei. Dafür übernähme sie die Verantwortung.

Baptista wusste, als er dort stand, dass seine Arbeit dem Problem hier nicht gerecht wurde. Große Räder drehen die Welt und sorgen für den Fluss der Dinge. Er kam, wenn die Gewalt ausgebrochen war. Warum kam niemand, wenn sich die Gewalt formte, entstand? Niemand konnte ihm das beantworten.

Samari und Baptista fuhren zurück zu Senhora Lancha. Sie baten um eine kleine Mahlzeit. »Ich habe für das Fest heute Abend einiges vorbereitet. Greifen Sie zu. Aber zerstören Sie die Dekoration nicht! Die Ereignisse haben sich schon wie ein Lauffeuer verbreitet. Ich hoffe, Sie sind beide wohlauf.« »André hat eine Stärke darin, sich als Held aufzuspielen«, meinte Baptista. André schaute etwas verschämt auf den Boden. Nach dem Essen verschwanden die beiden erschöpft auf ihre Zimmer.

Baptista wachte von einer zärtlichen Hand auf seiner Stirn auf. Es war Maria. »Mein tapferer Comissário. Ich wollte mich von dir verabschieden. Heute und morgen wird sich keine Zeit mehr dafür finden.« Sie küssten sich ein letztes Mal, denn sie wussten, dass ihre gemeinsamen Nachmittage nun nicht mehr wiederkehren würden. »Es ist gut, dass du hier warst. Du bist immer willkommen.« Dann stand Maria auf, wischte sich ihre Tränen aus den Augen und ging. Baptista blieb mit gebrochenem Herzen zurück. Und trotzdem hätte er keinen dieser Nachmittage mit Maria missen mögen. Kein schlechtes Gewissen ergriff ihn, nur dieser Schmerz loslassen zu müssen.

Die Erschöpfung hatte ihn lange schlafen lassen. Sein Knie schmerzte noch immer. Draußen dämmerte es bereits und die bunten Lichter für das Fest waren angeschaltet. Sie schwankten im Wind und warfen eigenartige Schatten in Baptistas Zimmer. Er stand auf und zog sein letztes sauberes Hemd an. Wie geplant, dachte er. Dann weckte er André, den er laut schnarchend im Bett antraf.

Sie gingen auf den Kirchplatz, wo ein gemütliches Fest im Gang war. Die Menschen saßen auf den kleinen Mäuerchen und Bänken und redeten in einem ununterbrochenen Fluss. Die Kapelle von heute Morgen spielte ihre fröhliche Musik und einige Paare tanzten. Delgado und seine Frau waren auch darunter. Sie holten sich etwas Wein und setzten sich. Der alte Bastelio gesellte sich unerwartet zu den beiden. »Ich mag dich nicht, Comissário«, sagte er mit einer krächzenden Stimme. »Das wissen wir beide. Aber es ist gut, dass die Dinge ans Licht kommen. Das wollte ich dir sagen.« Dann stieß er mit den beiden an und verschwand wieder.

Der Bürgermeister ließ es sich natürlich auch nicht nehmen, auf ein Glas Wein vorbei zu kommen. »Also geräuschlos ist das nun nicht gewesen. Für das Image der Insel ist es aber gar nicht so schlecht. Immerhin sind die Herren von einer fremden Maklerfirma und da Silva ist auch nicht von hier. Das wird man sicher entsprechend darstellen können, sodass auf Corvo die Welt doch gar nicht so schlecht erscheint. Was meinen Sie?« »Wenn ich das mal sagen darf: Das ist bestimmt einer der schönsten Orte im ganzen Atlantik. Und die Menschen wachsen einem ans Herz. Dafür brauchen Sie keine Werbung machen. Und wenn sie nun alle reich werden, dann wäre es am besten, es würde gemächlich geschehen. Sonst zerbricht zu viel.« »Reich werden. Sag ich doch«, wiederholte Calados mit leuchtenden Augen. »Darauf stoßen wir an!« Sie hoben das Glas. André schüttelte den Kopf. »Die Welt ist wirklich unverbesserlich.«

Dann kamen auch Maria Grazia, Pão und die vier Kinder auf das Fest. Pão unterbrach die Kapelle und ging an das Mikrofon. »Entschuldigt, dass ich euch beim Feiern störe. Aber dieser Tag war zu besonders, als dass man darüber hinweggehen könnte. Ich werde mit Maria und den Kindern nach Amerika gehen, wo schon viele von uns sind. Wir werden schon morgen abreisen. Natürlich werden wir euch vermissen.« Dann kam Maria an das Mikrofon. Sie hatte eine verweinte Stimme. »Danke Sophia, danke Lorenzía. Ohne euch wäre ich nicht mehr hier.« Auf dem Platz herrschte eine betretene Stimmung. Dann begannen die Menschen zu klatschen und zu rufen: »Alles Gute!« »Vergesst uns nicht!« »Wir passen auf deine Schwestern auf!« Das Fest ging noch bis in die Nacht weiter. Baptista und Samari verabschiedeten sich gegen Mitternacht, weil sie den frühen Flieger nach São Miguel nehmen wollten.

Montag, 24. Juni

Baptista hatte sich den Wecker schon früh gestellt. Nur mühsam wachte er auf. Dann packte er die wenigen Dinge in den Koffer und brachte ihn nach unten. Samari saß schon hellwach am Tisch und unterhielt sich mit Senhora Lancha. »Das hat jemand für Sie abgegeben«, sagte sie. Baptista nahm das Geschenk und tat es in seine Tasche. André warf ihm einen vielsagenden Blick zu. »Es scheint, dass dich jemand vermissen wird«, meinte er. Jao kommentierte den Satz nicht. Ein letztes Mal trank er den Galão und aß dazu einen süßen Bolo. Sie zahlten die Zimmer, als Delgado kam, um sie abzuholen. Senhora Lancha winkte zum Abschied. Die Koffer wurden in den Seat gequetscht und sie fuhren zum Flughafen. Nach dem Einchecken setzten sie sich mit Delgado noch auf eine Bank, bis der Aufruf zum Einsteigen kam.

»Sie lassen uns ein großes Paket Arbeit zurück«, meinte Delgado. »Was soll aus Sophia und Lorenzía werden? Wir können sie doch nicht einsperren. Sie haben die Kinder beschützt.« »Die beiden hätten Francisco doch auch anzeigen können«, antwortete Samari. »Und bei wem?«, meinte Baptista lapidar. »Sie brauchen hier eine unabhängige Polizei, an die man sich wenden kann. Es werden nun Fremde auf die Insel kommen, Langzeittouristen, Bauarbeiter und Hotelangestellte. Kümmern Sie sich darum, bevor es jemand aus São Miguel für sie tut.« André Samari ergänzte: »Und überlassen Sie die Landverteilung nicht einfach den Marktgesetzen. Machen Sie einen Plan, eine Behörde vielleicht.« Delgado nickte nachdenklich. »Wissen Sie, wir haben in den letzten fünfhundert Jahren die meisten Dinge in den Familien geregelt. Nun wird es wohl Zeit, dass man es etwas formeller angeht.« »Das ist der Preis für den Fortschritt und die Freiheit, die die Corvianer dadurch bekommen.« »Auch wenn wir es hier nicht schätzen, wenn Fremde in unserem Dreck wühlen: Ich möchte Ihnen beiden danken, dass Sie uns ein Stück die Augen geöffnet haben. Jetzt müssen wir selbst weitersehen.«

Der Flug nach São Miguel wurde aufgerufen. Die Männer schüttelten sich die Hände. Dann gingen sie zum Gate und stiegen in das Flugzeug. Während die Maschine in den Himmel stieg, konnte André seine Neugier nicht mehr zurückhalten. »Von wem ist denn nun das Geschenk? Mach schon auf.« Jao fühlte sich gedrängt und schüttelte unwillig den Kopf. André wartete ungeduldig, bis die Anschnallzeichen erloschen waren und begann dann, die Erlebnisse in sein Notebook einzutippen. Baptista hatte ebenfalls einen langen Bericht vor sich, den sein Chef nicht würde lesen wollen. Aber er schrieb die Berichte nie für seinen Chef oder aus formalen Gründen, sondern um die Gedanken aus seinem Kopf zu bringen und Platz für neue zu machen.

Bis dahin war genug Zeit. Er drückte sich in den Sessel des Flugzeugs und dachte, dass die Freiheit, die man nun in Corvo genießen würde, also Geld zu haben, zu reisen, wirtschaftlich unabhängig zu sein, dass sie diese äußere Freiheit mit dem Verlust ihrer inneren Freiheit bezahlten. Aber dieses eigentliche Drama der Moderne bemerken die Corvianer wohl gar nicht, weil sie zu beschäftigt sein werden, ihre finanzielle Lage zu verbessern.

Als André das WC aufsuchte, öffnete Jao Baptista das Geschenk. Es war von Maria, wie er vermutet hatte. Ein warmer Schauer lief über seine Haut, als er ihre Handschrift sah. Sie hatte ihm ein Büchlein des azorischen Dichters Vitorino Nemésio mitgegeben. Man sagt, Nemésio soll das Wort *insularidade* erfunden haben. Er bezeichnete damit das besondere Lebensgefühl, das die Bewohner der Azoren haben und nach Nemésios Meinung daher rührt, dass sie sich vom Rest der Welt isoliert fühlen. Zugleich bezeichnet es auch die Sehnsucht der Ausgewanderten nach der verlassenen Heimat. Jao Baptista dachte, dass alle Menschen in ihrer Seele in gewisser Weise auf den Azoren leben. Immer alleine und voller Sehnsucht nach dem brodelnden Leben.

Nachwort

Der Schriftsteller hat das Recht, Wirklichkeit und bloße Möglichkeit in seinen Geschichten so zu vermengen, dass die Grenzen verschwimmen. Der Leser mag urteilen, ob es in anregender Weise gelungen ist. Auch dieser Roman vermischt das Wirkliche und das Mögliche. Folgende Dinge möchte ich jedoch erwähnen, damit nicht jemand sagen kann, so sei es doch überhaupt nicht.

Jao Baptista ist ein europäischer Kommissar. Meines Wissens gibt es diesen Beruf noch nicht. Dennoch bin ich überzeugt, dass eine vergleichbare Stellenausschreibung über kurz oder lang kommen wird.

Und schließlich: Corvo ist eine wunderschöne Insel mit sehr freundlichen Bewohnern. Es gab dort bisher keine nennenswerte Kriminalität. Diese Besonderheit und ihre einzigartige Lage im Atlantik haben mich auf einer Azorenreise zu dieser Geschichte inspiriert. Es gibt im Rahmen der Mordgeschichte keinerlei gewollte Ähnlichkeiten zu dem Corvo, das ich als Urlaubsziel nur empfehlen kann. Aber der Schriftsteller in mir konnte der Vorstellung nicht widerstehen darüber zu fantasieren, wie es sich auf so einer Insel am Aufbruch in ein neues Zeitalter wohl leben mag.

Bolo (süße Teilchen zum Frühstück)

Zutaten für etwa 10 Bolos

400 g	Mehl
100 g	Zucker
4	Eier
30 g	Butter
1 Päckchen	Trockenhefe
	Salz
	Zucker
1 Schuß	Zuckerrohrschnaps (nach Belieben)

Bolo heißt Kuchen. Hier geben wir Ihnen ein einfaches Grundrezept für solche süßen kleinen Kuchen, wie sie auf den Azoren – und auch sonst in Portugal – morgens zum Frühstück verspeist werden.

Die Hefe wird in in etwa 100ml lauwarmen Wassers mit einem halben Teelöffel Zucker aufgelöst.
Dann schlagen Sie die Eier in einer Rührschüssel schaumig und fügen den Zucker und die aufgelöste Hefe zu. Unter Rühren wird etwa ¾ des Mehls beigemengt, bis ein Teig entsteht, der, wenn Sie ihn noch einmal eigenhändig durchkneten, nicht an Ihren Händen kleben bleiben sollte. Ansonsten geben Sie noch entsprechend zusätzliches Mehl bei. Der Teig bekommt nun Zeit zum Aufgehen und wird dazu mit einem Tuch abgedeckt und etwa eine Stunde an einen warmen Ort gestellt.

Dann wird die geschmolzene Butter mit einer Prise Salz gemischt. Nach Belieben kann auch ein Schuß Zuckerrohr-Schnaps beigegeben werden. Zusammen mit dem restlichen Mehl wird die Mischung unter den Teig geknetet. Und wiederum wird dem Teig an einem warmen Ort eine weitere Stunde Zeit zum Gehen gelassen.

Die Vertiefungen einer Muffin-Form streichen Sie schön mit Butter ein. Formen Sie kleine Teigbällchen und backen Sie die Bolos in der Muffin-Form etwa eine halbe Stunde bei 200 Grad, bis sie goldbraun sind.

Salada de Polvo (Oktopus-Salat)

Zutaten für 4 Personen

1 kg	Oktopus
2 Hand voll	schwarze, entkernte Oliven
1	Zwiebel
1	Knoblauchzehe
1 Bund	glatte Petersilie
100 ml	Rotwein (am besten azorischer Rotwein, mehr dazu im Rezept zur knusprigen Gans)
400 ml	Fischfond
600 g	vorwiegend festkochende Kartoffeln
	schwarzer Pfeffer
	Olivenöl

Polvo ist eine Krake bzw. ein Oktopus. Das heißt, er hat acht Arme mit Saugnäpfen. Cineasten kennen den Kraken in seiner Riesenausführung z. B. aus der Verfilmung von Jules Vernes Klassiker ›20.000 Meilen unter dem Meer‹. Optimalerweise kaufen Sie den Oktopus direkt frisch beim Fischhändler. Nur ist im deutschsprachigen Binnenland bzgl. Frischfisch oder gar Oktopus nicht alles optimal, will heißen, dass Sie ihn hier kaum frisch bekommen. Haben Sie dennoch das seltene Glück, dann lassen Sie sich von Ihrem verehrungswürdigen Fischhändler das Tier bitte gleich auch säubern, also u. a. Augen und Mund entfernen.

Unter fließendem Wasser wird der Oktopus zu Hause gründlich ab- und ausgespült und anschließend mit

Küchenkrepp trocken getupft. Je nach Größe sollten Sie den Oktopus in mundgerechte Stücke schneiden, sehr kleine Exemplare können Sie aber auch im Ganzen belassen.

Meistens bekommen Sie Oktopus aber nur tiefgefroren, dann ist er schon küchenfertig portioniert und gesäubert, neigt aber oft nach der Zubereitung zur Zähigkeit. Wahrscheinlich wurde er nach dem Fang nicht richtig weichgeklopft. Sie sollten den tiefgefrorenen Oktopus nach dem Auftauen möglichst nicht zu lange garen. Das ist ein schmaler Grad, zwischen noch nicht gar und unwiederbringlich zäh. Auch grüne Tomaten bekommen Sie hier eher selten, daher haben wir den Oktopus-Salat ein wenig anders angemacht.

In einem größeren Topf schwitzen Sie die Zwiebel und die Knoblauchzehe in Olivenöl an, fügen dann Oliven, Rotwein und Fischfond hinzu, pfeffern nicht zu zurückhaltend und erhitzen alles auf kleiner Flamme. Die geschälten und in nicht zu dünne Scheiben geschnittenen Kartoffeln werden dann zum köchelnden Sud gegeben und garen eine Viertelstunde vor sich hin. Zuletzt geben Sie den Oktopus zum Sud, er benötigt keinesfalls mehr als 10 Minuten Garzeit in siedendem Wasser. Nun entnehmen Sie mit der Schaumkelle Oktopusstücke, Kartoffelscheiben und Oliven und richten sie auf einer Salatplatte an, gießen noch etwas von dem Sud über den Salat und bestreuen alles mit frischer Petersilie.

Gut schmeckt dazu ein lauwarmes Stangenweißbrot, das Sie mit Knoblauch einreiben und mit Olivenöl beträufeln. Und mit einem Klecks Chilipaste (z. B. rote Mojosauce oder ersatzweise Sambal Oelek) bringen Sie etwas Schärfe ans Gericht.

Cozido de Lagoa das Furnas (Gemüse-Fleisch-Eintopf)

Zutaten für 4 Personen

400 g	Rindfleisch aus der Hochrippe
200 g	Schweinefleisch aus Keule oder Schulter
¼	Suppenhuhn (der Geflügelhändler Ihres Vertrauens verkauft Ihnen sicherlich nicht nur ganze Suppenhühner)
1	Chouriço (Paprikawurst) (oder eine spanische Chorizo)
50 g	durchwachsenen Räucherspeck (nach Belieben)
1	Weißkohl- oder Spitzkohlkopf
5	große Kartoffeln
3	nicht zu große Möhren (je kleiner, desto feiner)
2	Steckrüben
1	portugiesischer Kohl (oder das Grüne von 4 Kohlrabiknollen)
1	Zwiebel
2	Lorbeerblätter
1 Bund	glatte Petersilie
	Brühe
	schwarze Pfefferkörner

Dieser Gemüse-Fleisch-Eintopf wird in seiner ursprünglichen Form auf den Azoren fünf Stunden lang in einem Erdloch gegart. Dieses Prozedere ersparen wir Ihnen und rekonstruieren das Rezept so, dass Sie kein Loch zu buddeln brauchen und auch nicht ganz so lange auf das Essen warten müssen. Dennoch fördert auch bei diesem Rezept eine gute Portion Geduld ein besseres Resultat als eine Ruckzuck-Variante, die z. B. in einem Dampfkochtopf gegart wird. Wir bekennen, dass wir Erfindungen wie Dampfkochtopf oder Mikrowelle als mehr oder weniger überflüssig ansehen.

Suppen und Eintöpfen kommt in der portugiesischen Küche übrigens eine größere Bedeutung zu als im Rest Europas. Sogar in Fast-Food-Restaurants finden Sie oft mehrere Suppen auf der Speisekarte.

Das Fleisch wird abgespült und ebenso wie die Wurst und der Speck, sofern Sie ihn im Eintopf haben möchten, in grobe Stücke zerteilt. Das Gemüse gut waschen bzw. putzen. Kartoffeln, Möhren, Steckrüben und Zwiebel schälen. Die Kartoffeln werden in Scheiben geschnitten, die Möhren längs halbiert, die Steckrüben geviertelt und die Zwiebel im Ganzen gelassen; das Gemüse ist halt individuell. Der Weiß- oder Spitzkohlkopf wird grob zerteilt, nachdem Sie zwei, drei Blätter beiseitegelegt haben. Ebenso grob, aber bitte mit zärtlicher Hand, zerteilen Sie den portugiesischen Kohl, falls Sie ihn irgendwo bekommen. Da wir davon leider nicht ausgehen, nehmen Sie stattdessen einfach das Grün von mehreren Kohlrabiknollen. Für portugiesischen Kohl wird wahlweise auch Grünkohl, Römersalat oder das Grün vom Blumenkohl als Alternative genannt, Sie haben also die Wahl, unsere kennen Sie ja inzwischen.

Ach ja, das Huhn haben wir keineswegs vergessen, verweigern ihm allerdings die Waschung, sofern es wirklich von einem Händler des Vertrauens stammt, denn ein gründlich gewaschenes Huhn verliert doch deutlich an Geschmack und Aroma.

Nehmen Sie nun einen Terrakotta-Topf oder ein ähnlich feuerfestes Ton- oder Keramik-Gefäß, das genug Platz für all die leckeren Zutaten bietet. Unten füllen Sie zunächst Fleisch, Wurst und Speck ein, darauf thronen Sie das Stück Suppenhuhn, welches Sie mit dem Gemüse umgeben und zudecken. Gießen Sie reichlich Brühe an, so dass alle Zutaten knapp bedeckt sind und fügen Sie die gewaschene und gezupfte Petersilie, die Lorbeerblätter und einige Pfefferkörner hinzu. Dann bedecken Sie alles mit den beiseitegelegten Kohlblättern. Bei mäßiger Hitze von höchstens 180, eher 150 Grad, köchelt unser Eintopf nun 2-3 Stunden im Backofen vor sich hin. Dabei sollten Sie von Zeit zu Zeit nach Bedarf Brühe nachgießen. Die obersten Kohlblätter werden vor dem Verzehr entfernt und das Essen im Topf serviert. Als Beilage reichen Sie am besten Broa, das landestypische Maisbrot.

Broa (Maisbrot)

Zutaten für 1 Brot

350 g	Weizenmehl Type 550
150 g	Maismehl
1 Würfel	Hefe
125 ml	lauwarme Milch
200 ml	lauwarmes Wasser
1½ TL	Salz
1 EL	Olivenöl
Mehl	zum Kneten

In der Azorenküche wird Broa gern zu kräftigen Eintöpfen gegessen. Wenn Sie also z. B. Cozido de Lagoa das Furnas kochen, dann backen Sie sich doch ein Broa dazu.

Füllen Sie Weizen- und Maismehl in eine Schüssel und formen Sie eine Mulde. In diese bröseln Sie die Hefe und gießen anschließend vorsichtig die Milch und das Wasser hinzu. Verrühren Sie die Hefe in der Flüssigkeit und lassen sie eine Viertelstunde gehen.
Fügen Sie Olivenöl und Salz hinzu und kneten Sie die Masse, bis sie zu einem glatten Teig wird. An einem warmen Ort sollte der Teig nun eine Stunde gehen, bis sich sein Volumen etwa verdoppelt hat. Dann wird der Teig erneut auf einer bemehlten Arbeitsfläche geknetet und als Laib auf ein mit Backpapier ausgelegtes Backblech gegeben und mit etwas Mehl bestreut. Unter einem angefeuchteten Tuch ruht der Teig eine weitere Stunde.
Heizen Sie den Ofen auf 200 Grad vor und backen

Sie das Broa 45 Minuten, bis es eine goldbraune Farbe angenommen hat und hohl klingt, wenn man von unten daran klopft.

Das Maisbrot ist vielseitig verwendbar, es passt nicht nur zum Eintopf weiter vorne und der knusprigen Gans weiter hinten, sondern auch zur folgenden Lebersauce.

Lebersauce

Zutaten für 2 Portionen

100 ml	Rotwein (am besten azorischer Rotwein, mehr dazu im Rezept zur knusprigen Gans)
50 g	Butter
250 g	Schweineleber
2	Zwiebeln
1 EL	frische Thymianblättchen
2 EL	Mehl
	Salz, Pfeffer

Ob Sie die Lebersauce wirklich wie im Krimi beschrieben zu einem frittierten Kohl reichen, was wir persönlich nicht so ›attraktiv‹ finden, oder als Dip zum Maisbrot, sei Ihnen überlassen. Ein Rezept für frittierten Kohl servieren wir hier allerdings nicht ... wir frittieren ja auch keine Mars-Schoko-Riegel (kleiner schottischer Insider-Joke). Lebersauce soll auch gut zu Schweinefleisch und Nudeln passen, probieren Sie es ruhig mal aus.

Die Schweineleber gut abspülen, trockentupfen, in kleine Stücke schneiden und mit Mehl bestäuben, überschüssiges Mehl abklopfen. Die fein gewürfelten Zwiebeln schwitzen Sie in der Butter goldgelb an, dann die Leberstücke dazugeben und ganz kurz rundum anbraten, höchstens eine Minute. Danach den Rotwein angießen, mit der Hälfte des Thymians würzen und alles 5 Minuten bei kleiner Flamme köcheln lassen. Nun nehmen Sie Ihren

›Zauberstab‹ und pürieren den Topfinhalt zu einer cremigen Sauce. Sollte die Sauce zu fest sein, gießen Sie noch etwas Rotwein hinzu, für zu flüssige Saucen nehmen wir gerne die Allzweckwaffe einer gekochten Kartoffel. Diese in die Sauce reiben, dann bindet es gleich besser. Sie können auch ein Stück 1:1 gemischte Mehl-Butter einrühren, dann sollte die Sauce aber noch etwas vor sich hinköcheln, damit sich der Mehlgeschmack verliert. Nun noch mit Salz, Pfeffer und dem Rest Thymian würzen, fertig!

Maç. as Assadas (Bratäpfel)

Zutaten für 8 Portionen

8	große, mürbe Äpfel wie z. B. Boskoop
6 EL	Zucker
1 TL	Zimt
2 EL	gehackte Rosinen
2 EL	gehackte Mandeln
1 EL	gehackte Pistazien
	Butter
	heller Portwein
120 g	dunkle Schokolade
40 g	weiche Butter

Den Deckel der gewaschenen Äpfel abschneiden und das Kerngehäuse großzügig entfernen. Die Äpfel sollten dann soweit ausgehöhlt werden, dass Platz für die Füllung entsteht und noch etwa 2 cm Rand bestehen bleibt. Das entnommene Fruchtfleisch nicht wegwerfen!

Im Mörser wird das Fruchtfleisch mit 1 EL Zucker, Zimt, Rosinen, Mandeln und Pistazien zerstößelt und vermengt. Diese Mischung füllen Sie in die Äpfel und setzen sie in eine Auflaufform. Der übrige Zucker wird über die Äpfel gestreut und Butterflöckchen oben aufgesetzt. Bevor die Form bei 220 Grad für etwa 30 Minuten in den Backofen wandert, wird sie mit dem Portwein angegossen, so dass er soeben den Boden der Form bedeckt.

Für die Sauce wird die Schokolade im Wasserbad geschmolzen und mit 2-3 EL des Portwein-Apfelsaft-Gemischs aus der Backform verquirlt. Zusammen mit der Sauce werden die gebackenen Äpfel in Dessert-Schalen angerichtet.

Knusprige Gans mit raffinierter Sauce

Zutaten für etwa 4 Portionen

1	küchenfertige Gans (vom Händler Ihres Vertrauens)
2	Zwiebeln
200 g	Karotten
1 l	Hühnerbrühe
1 großes Glas	Rotwein der Azoren
	naturtrüber Apfel- oder Birnensaft
	Salz und Pfeffer
	Butter
1	Schalotte
	Thymian, glatte Petersilie

Da der Autor uns im Fall der knusprigen Gans mit raffinierter Sauce über die Bestandteile der Sauce nicht so recht aufklären mochte, haben wir uns selbst eine Sauce kreiert, deren Hauptbestandteil der rote, schwere Wein der Azoren bildet, dessen einzigartiges Aroma der vulkanischen Erde zu verdanken ist. Er wird in der Hauptsache auf der Insel Pico angebaut, die Weingärten dort gehören seit ein paar Jahren zum Weltkulturerbe der UNESCO.

Wie auch schon weiter vorne beim Fleisch-Gemüse-Eintopf verweigern wir nun der Gans die Waschung, falls sie wirklich vom Händler des Vertrauens stammt. Dem Geschmack kommt es nur zugute. Auch das übliche Vorgehen, das Fett aus der Gans herauszulösen, lassen wir sein, sie wird umso saftiger.

Reiben Sie das Innere der Gans mit etwas Thymian ein. Putzen und zerkleinern Sie Zwiebeln und Karotten und befüllen Sie damit die Gans. Die Öffnung wird nun mit Küchengarn oder einem Spieß verschlossen und die Gans in eine Fettauffangschale gelegt und in den auf 200 Grad vorgeheizten Backofen geschoben. Nach der ersten halben Stunde gießen Sie ein Viertel der Brühe und ein halbes Glas Rotwein an und stellen die Temperatur auf 180 Grad herunter. Außerdem sollten Sie nun alle halbe Stunde mehrmals in die Haut der Gans stechen, besonders unterhalb der Keulen, sie mit dem Garsud begießen, und nach Bedarf Brühe aufgießen.

Das ganze Prozedere dauert 3-4 Stunden. Dann nehmen Sie die Gans aus der Schale und halten sie in Alufolie warm, derweil sie den Garsud in eine Pfanne geben, in der sie schon eine Schalotte in Butter angeschmort haben. Geben Sie den restlichen Rotwein sowie einen Schuss Apfel- oder Birnensaft dazu, würzen mit Salz, Pfeffer und etwas Thymian, und lassen Sie die Sauce 10 Minuten einköcheln, dann noch ein Stückchen kalte Butter einrühren, und mit gehackter glatter Petersilie bestreuen – fertig! Auch hier passt als Beilage wieder unser Allzweckbrot, das Broa, oder aber Kartoffeln.

Marillen-Dessert

Zutaten für etwa 4 Portionen

300 g	reife (!) Marillen bzw. Aprikosen (ansonsten lieber Dosenware)
½	Zitrone
2 EL	Honig
4 cl	Marillenlikör
250 g	Joghurt (3,5 % Fett)
100 g	Sahne-Quark
1 Pk.	Vanillezucker
	Zucker (nach Geschmack)
	Mandelsplitter oder -blättchen zum Verzieren
	Butter (für die Variante der karamelisierten Mandelblättchen)

Die Marillen werden gewaschen, halbiert, entsteint und mit Zitronensaft, Honig, Marillenlikör und Zucker – möglichst über Nacht – im Kühlschrank mariniert. Sollten Sie Dosenware verwenden, dann lassen Sie diese sehr gut abtropfen. Für die Marinade benötigen Sie dann keinen Zucker mehr, und als Marinierzeit reicht 1 Stunde.

Ein Viertel der marinierten Marillen wird im Mixer püriert. Joghurt und Quark mit dem Marillenpüree und Vanillezucker glatt rühren. Je nach Geschmack kann noch mit Zucker, Marillenlikör oder Zitronensaft abgeschmeckt werden.

Füllen Sie die restlichen Marillenhälften in Dessertschalen und bedecken sie sie mit der Creme. Ein paar Mandelsplitter oder in je 1 EL Butter und Zucker karamelisierte Mandelblättchen sind das i-Tüpfelchen auf dem Dessert.